8年越しの花嫁
奇跡の実話

ノベライズ版

脚本＝岡田惠和
ノベライズ＝国井桂

SHUFUNO
TOMOSHA

壊れて、くずれて、なくなってしまいそう。
怖い。怖い。怖い。誰か助けて——。

第一章　三月十七日の夢

君が眠りに落ちてどのくらいになるだろう。

春の花の香り、夏の太陽のきらめき、秋の落ち葉の彩り、冬の雪の純白……君と一緒だったらどれほど輝きを増すだろう。

麻衣《まい》、どうか目を覚ましてほしい。君の笑顔が見られるなら、俺はなんだってするから――。

§

二〇〇六年三月――

車の声が聞こえる。そう言うと、クラクションのことと勘違いされることが多いけれど、そうじゃない。ちゃんと向き合えば車はどこが悪いか教えてくれるんだ。

修理工場は車の病院だ。作業台は手術台で、修理工は外科医といったところ。

入社する前、初めてこの工場に来たとき、思ったままにそう言うと、柴田《しばた》社長は黙って俺の顔を見つめて言った。

「おまえも、そう思うか？　実は俺もずっとそう思ってたんだよ。さしずめ俺は病院長ってとこだな。西澤《にしざわ》、おまえとは気が合いそうだな。ハハハ」

豪快に笑って入社が許された。

柴田社長は、若いときに暴走族の頭だったとかいう噂もあって、黙っていると何を怒っているのかと思うほど顔が怖い。がっちりした肩幅によく日焼けした顔、洗っても真っ黒なままの手はまさに車の医者。四十代半ば過ぎなのだけれど、笑うと案外愛嬌《あいきょう》があった。今も修理を依頼に来たお客と話しているのを見ると、車の話が止まらなくなっているのがわかる。

ここ太陽モータースは岡山市内の市街地から少しはずれたところにある。作業場は広々としていて、よく掃除が行き届いている。これも整理整とん、清掃にうるさい社長の厳しいチェックのおかげ。

俺は今日の患者に少し手こずっていた。いつ廃車にしてもおかしくない年代物。でも、持ち主は大切にしている。なんとしても元気にして帰してやりたい。子どもの頃集めていたミニカーにこれとよく似た車があったような。あれはどこへやったかな。今度京都の実家に帰ったときには、押し入れを調べてみよう。

車のことを考えて、思わず笑ってしまった。これじゃあまた、社長や先輩たちに「尚志《ひさし》は仕事中、まるで車としゃべってるみたいだな」とからかわれてしまう。

　でも、それくらい車が好きだ。周囲からどう見えようと仕事は楽しい。車の声を聞き、一番いいコンディションに仕上げてやる。そうすれば車は必ずこたえてくれる。愛車が元気になって、ありがとうと喜んでくれる持ち主の笑顔を見るのもうれしかった。


イタタタ……。まただ。今日はどういうわけか朝からおなかの調子が悪い。胃腸にくる風邪か、それとも今朝食べたヨーグルトが古かったのか。

区切りのいいところまでやって、工具を置くと、修理を終えたばかりの軽トラがゆっくりと外へ出ていくのが見えた。手を振って見送る社長の息が白い。もうすぐ春とはいえ、岡山の三月はまだ肌寒い。

工場のわきに植えられた古い梅の木に小さな花が咲き始めたのを今朝見つけて、今日はいいことあるかもしれないな、なんて思っていたのにこの腹痛とはついていない。

「よう、尚志！」

トイレに行く途中で室田《むろた》先輩につかまってしまった。

先輩は、腕はいいのだけれど、車より女の子が好きで、口がうまい。お笑い芸人のように始終人を笑わせている。その先輩が声をひそめ、いかにも大事な秘密を打ち明けるように俺の耳元で言った。

「尚志、今日終わったらつき合えよ。飲み会、な。俺の友達来るから。あと俺の友達の友達の彼女の友達が来るから」

やっぱりそれか。ありとあらゆるツテをたどって合コンをセッティングすることにかけては、先輩の右に出る者はいない。

「いや俺は……」とてもじゃないが、今日はそんな体調でも気分でもない。

そう言おうとしたところに社長が来た。

「おぉ、たまには飲みにでも行くか？」

社長は、見た目どおり性格も男前で、おまけに気前がいい。どうせなら合コンより社長と飲みたかったけれど、どちらにしても今日はとても無理そうだ。そう謝ろうと思ったら、先輩が先回りして言った。

「あ、すみません。今日ちょっと俺と尚志、飲み会で」

察しのいい社長はすぐに合コンだと理解したようで。

「大事、大事。じゃ、また今度な」とあっさりと行ってしまった。若い者には若い者の楽しみがある、といつも言ってくれる物わかりのよさが今日は少し恨めしい。

先輩に抗議をしようとしたものの、トイレに駆け込むほうが先だった。戻ってくると、後輩の足立《あだち》マサルが一緒に行きたいと参加を熱望し、俺は遠慮したいと言ったのに、午後の仕事に追われているうちに帰りまでにはすっかり参加メンバーにされ、「女の子のほうが多かったらかわいそうだろ」と室田先輩にすごまれると、もう逃げられなかった。

合コンの会場は繁華街のアーケード街の中ほどにある焼き肉屋の二階。太陽モータースの宴会でもたまに使うこの店は、安くてうまい。どこのテーブルも盛り上がっていて笑い声がにぎやかに聞こえてくる。

もうもうと立ち込める肉を焼く煙で店内は少しかすんで見えた。こういう気どらない店を選ぶのは、合コンの鬼と呼ばれる室田先輩の手なんだとか。焼き肉屋にこそ女の子の素が出るらしいけれど、俺にはよくわからない。

彼女がいたことはあるけれど、自動車修理の専門学校に行って車に夢中になっているうちに自然消滅してしまった。今特に恋人が欲しいという気持ちもない。

俺は腹痛を気にしないようにして、できるだけ早く帰るつもりで端の席に座った。横に長いテーブルに向かい合って同年代の男女五人ずつが座る。最初に簡単な自己紹介があり、幹事の室田先輩が乾杯の音頭をとった。

男性は、室田先輩、マサル、歯科医、公務員と俺。

女性はＯＬに編集者にレストランのシェフと紹介されたけれど、何しろこちらは腹痛をこらえるのが精いっぱいで、彼女たちの顔と名前と仕事が一致もしないありさま。

皆は最近流行《はや》り始めたサムギョプサルに舌鼓を打っていた。うまそうだとは思う。でも、今日は手が出ない。

「皆、ちゃんと盛り上がってる⁉」

先輩は真ん中に陣どって、全員に目を配りながらも、盛り上げ役に徹していた。お調子者だとよく社長に叱られているけれど、こういうところが実は心がこまやかだとひそかに尊敬している。ますます調子に乗るのが目に見えているので、絶対に本人には言わないけれど。

「尚志！」

頼むから俺のことは放っておいてください、そう心の中でつぶやいた。

「おまえ、ちゃんとやってる？　食ってる？」

そう言われても苦笑するしかない。でも、先輩の言葉を合図のように、向かい側の女の子が「あ、これ。焼けすぎるから」と皿にわざわざ肉を置いてくれた。

焼き肉は大好物。だけど、今日はつらい。腹痛は昼間よりはいくらかましになったものの、ビールも肉もとてもじゃないけれど入らない。ほんの少しだけ肉をかじったふりをして、箸を置いた。

まいったな——。

まわりで話が盛り上がっているすきに目立たないようにトイレに立った。

戻ってきたとき、テーブルの向かい側の端の席から感じた視線。髪の長い女の子がやけに厳しい目つきでこっちをにらみつけている。明らかに怒っている顔。

彼女の名前は、なんだったっけ。

麻衣……そうだ、中原《なかはら》麻衣。仕事は……思い出せない。

さっき店の前で会ったとき、スラッとしてサラサラの長い髪とフードつきのコートがよく似合ってかわいいなと思った。さっきから彼女の笑う声がよく聞こえて、つい目をやると、顔をくしゃくしゃにして笑っている。他の女の子たちがダイエットを気にして肉を遠慮したりする中で少しもためらわずにパクパク口に運んでいる。なんとなく豪快な女の子だなと遠くから見て思っていた。

その麻衣という女の子が俺をにらみつけている。何か悪いことをしただろうか、必死に考えていると、自分の名前が耳に飛び込んできた。

「いやさ、尚志は、仕事の虫だから」

いきなり先輩にネタにされる。

「こいつさ、ちょっと顔はいいんだけど、つまんないんだよね。だってさ、職業車いじり、趣味車いじり」

顔はいいと持ち上げておいて、落とす。先輩のいつもの鉄板ネタ。

みんながワッと笑う。

「ええ〜、オタクっぽいんだ。無理」

みゆきという名の女の子が言って、また皆が笑う。

悪いと思ったのか、向かい側の女の子が「でも、結構格好いいよね。脚、結構長いし」とフォローしてくれたのだけれど、それをまた先輩が「でも、こいつ、センスないんだよ。センス悪いんじゃなくて、ないの！　服とかなんでもいいってタイプだよ！」と笑いにもっていく。

苦笑しながら端の席を見ると、麻衣は笑っていなかった。おまけに、厳しい顔でにらみつけてくるのは変わらなかった。

ホントまいったな。いくら考えても彼女に失礼なことをした覚えがない。そもそもまだ一度も口もきいてないじゃないか。

　そう思っていたら、またおなかが痛み出した。早く終わってくれ。今はとにかく早く家へ帰って横になりたかった。


　ようやく一次会がお開き。間違いなく焼き肉くさい集団になった俺たちは表に出た。誰もが満腹、おまけに酔っていてずっと笑っている。中でも室田先輩は女の子たちのとりまとめ役だった三島《みしま》みゆきという子とすっかり仲よくなったようで、二人でメールアドレスの交換をしていた。背の低いのをいつもコンプレックスだと自分で言っているのに、明らかに五センチくらい背が高い彼女に果敢にアプローチしていく姿勢はいつもながらたくましい。

「じゃ、もう一軒カラオケ行く？　な、皆」

　室田先輩は自然と二次会も仕切り役になっていた。

「すいません、俺はここで」

　小声で先輩だけに聞こえるように言ったのだけれど、「なんだよ、つまんないヤツだな」と大声でなじられた。マサルまで「行こうよ」と腕を引っ張る。でも、もう限界だった。

頭を下げ、なんとか振り切って、皆の輪を抜け出した。

アーケード街は飲食店を除いてシャッターを閉め、たった今別れてきた合コンメンバーたちの笑い声を大きく響かせている。

アーケードを抜けると夜風が頬に吹きつけた。思わず背中が丸くなって、上着のポケットに手を入れる。

ようやく一人になれ、ホッとして市電の停車場へ向かう。もともと大勢で騒ぐのは得意じゃない。そういう意味では、仕事も趣味も車だとからかわれても仕方がない。

「すみません！」

自分のことだとは思わず歩き続けていたら、もう一度声がした。振り返ると、麻衣とかいう女の子がいた。いったいなんの用だろう。

何に怒っているのか、眉がつり上がっている。

「ずっと気になってたんだけど。やっぱり言うわ。さっきのあの態度、あれ、なんなんですか？」

言葉をはさむ間もなく、麻衣はまくし立てた。

「自分はこういうのあんまり好きじゃないんで、こんなとこ来る女はそもそも軽くて興味ない、みたいな？」

「い、いや、ちょっと……ちょっと待ってください」

「私だってね、別に楽しくて最高！　なんて思っちゃいないけど、でもせっかくの人づき合いでしょ。あなただって結局は自分の意思で来てるわけだし、ここに来た以上は楽しそうにすればいいじゃないですか。っていうか、楽しくなくたって顔に出さないのが大人でしょ！」

一気に言われると、どうしていいのかわからなくなった。それに反論を受け付ける気もないみたいだし……。

「いや、すみません、ごめんなさい……」

そう言って頭を下げた。

市電が近づいてくるのが見えた。もう一度小さく頭を下げてから歩き出す。

でも、麻衣は納得しなかった。

「は？　何、今の。面倒くさいからとりあえず謝っとこうかな、みたいなの」

そう言いながら追いかけてきた。怒っているのがひしひしと伝わってきて怖いくらいの雰囲気。

「違いますよ。空気悪くしたのは悪かったなと思ったから謝っただけで、でも、別に……」

「でも別に何よ」

「いや……確かに飲み会は得意ではないですけど、でも飲み会がどうとか、いる女の子がどうとか思ってないですから」

それは本心。酒も嫌いではないし、今日来ていた女の子たちだって標準以上にかわいかったと思う。

それでも、今日の自分の態度がしらけさせてしまったのなら、心から申し訳ないと思った。

いつの間にか俺たちは通りを渡って市電の停車場まで来ていた。

「じゃなんなの？　あれは」

「いや、だから今日は、おなかが痛くて――」

「は？」麻衣が目を丸くした。

「だから肉とか魚とかきつくて」

「え？　そうなの？」

「はい」

「なんだぁ、じゃ悪くないじゃん、なんで謝るの？」

なんでと言われても、謝った理由はもう話したし……。そう思ったけれど、さらに怒られそうで、口には出さなかった。

「なんだ、そうだったんだ……」

ようやく納得したのか、麻衣は急に優しい表情になった。

「皆、笑ってたけど、私、あれはいいなぁって思ったよ」

なんのことだろうと首を傾げると、麻衣は「趣味車いじり、職業車いじり」と言うと笑った。

笑うとこんなにかわいいんだ、この子。それなのにあんな怖い顔になるほど怒らせてしまっていたのか。悪かったなと、本心からそう思った。

それに、先輩が笑いをとるためのネタのように出された言葉だったのに、俺の大切なものをちゃんとわかって受け取ってくれた。

「……ありがとう」

素直にそう口にした。

途端に麻衣は自分の早とちりが恥ずかしくなったらしい。いきなり俺の腕をバンバンたたいて、「うん、ハハハ、なんだ、おなか痛かったのか、もう」と豪快に笑い出した。

そして、来たときと同じくらい唐突に「じゃ、歌ってくるね」と背を向け、その姿はあっという間にアーケードの中へ吸い込まれていった。

なんて元気な女の子なんだ。

不思議といやな気はしなかった。

夜風の冷たさに、手と手をこすり合わせ、空を見上げる。ここからだとネオンの明るさでよくわからないけれど、いくつか瞬《またた》く星が見えた。なんとなく覚えておきたくなるような夜だな。そう思ったとき、パタパタと足音がした。振り向くと麻衣が息を切らして戻ってきていた。

そして、はい、と何かを差し出す。

「これでおなか、温めて」

使い捨てカイロだった。

停車場には市電が近づいてきている。

「……ありがとう」

受け取ったところで市電が停まり、ドアが開いた。

「じゃあ……」

他に何か言ったほうがいい。でも、突然文句を言われたり、いいなと言われたり、そしてまた戻ってきたりと、目まぐるしく表情を変える麻衣に圧倒されてしまって、言葉が見つからなかった。

「うん……お大事に！」

麻衣の声は明るかった。

車内に滑り込むと同時にドアが閉まり、市電はゆっくりと動き始めた。

窓の外を見ると、まだ麻衣が手を振っている。少し恥ずかしかったけれど、小さく手を振り返した。彼女の笑顔に思わずそうしたくなったから。

麻衣の姿がどんどん小さくなっていく。市電の中は本が読めるくらいには明るいけれど、乗客もそれなりにいて、きっと向こうからはこっちの姿はよくわからないはず。それなのに麻衣はまだ手を振っている。

市電はガタンゴトンと揺れながら、次第にスピードを増した。カーブを曲がると、ついに彼女の姿は見えなくなった。それでもなぜかまだ見送ってくれているような気がした。

せっかくの好意だし、使わせてもらおう。カイロの封を切って中身を取り出し、軽く振ってポケットの中で握りしめた。冷たかった手がじんわりと温まっていく。

吊り革につかまって目にした窓の外。揺れる窓越しに街の明かりが流れ、道路を行き交う車のヘッドライトが交差する。市街地を抜けると明かりの数は減っていく。橋の上に差しかかると、真っ暗な水面《みなも》が月明かりに揺れているのが見えた。

＊　＊　＊

どうしよう。初対面なのに、思い切り失礼なことを言ってしまった。

恥ずかしくて恥ずかしくて、市電を見送った後、走ってカラオケボックスの皆に合流し、思い切り晴子《はるこ》に愚痴《ぐち》った。

「だから言ってるでしょ。もう少し考えてから怒りなさいって」

晴子の横のみゆきにまで言われた。そうなんだよね。別に短気ってわけじゃないけど、信号無視をする車とか、電車の中でお年寄りを立たせて平気でメールしている高校生なんかを見ると、黙っていられなくなる。

「きっと嫌われたよね……」

「え！　麻衣、あの人のこと気に入ったの？」

そう言われて焦った。いやいや、そういうことじゃなくて。

いくら言っても聞いてもらえず、みゆきは「任せなさい」と笑ったところで、自分が入れた曲が流れたらしく、マイクを握ると立ち上がって歌い出した。

みゆきは、我が友ながらかわいいと思う。いつも笑顔を絶やさず、面倒見もいい。私はまだまだだな。反省しながらビールに口をつけた。


「西澤さんのメアド、ゲット！　ごめんなさいするなら早いほうがいいよ！　ちなみに彼、カノジョいないって」

みゆきからそんなメールが来たのは合コンの翌日のこと。みゆきはみゆきで、室井さんから猛烈にアプローチされ、全然タイプじゃないとか言ってたくせに食事に行ったらしい。食事に行ったら行ったで、あまりに楽しくてあやうく終電を逃すところだったとか。そこで私の失敗の話が出て、室井さんがあの人のメールアドレスを喜んで教えてくれたと言うんだけど。もちろん本人の了解なんてとってない。

どうしよう――。

一日迷った。なんとなく彼は気にしていない気がした。この間はごめんなさいと素直に謝って、簡単な自己紹介を書いて送ったら、半日でレスが来た。

二週間、メールと、それから電話で話をした。口数は少ないけど、私がどんなにしゃべりまくっても、「へえ、そうなんだ」とおもしろそうに聞いてくれる。それが心地よくてついつい話しすぎてしまう。私が九割以上しゃべっていたんじゃないかな。

「会おうか」と言ってくれたのは、彼からだった。

＊　＊　＊

待ち合わせは二人の家の中間地点にあるスーパーマーケットの駐車場。どこへ行くにも車が必須で、一家の中で車をそれぞれに持っているような土地柄。ドライブしようと決めたものの、いきなり自宅に迎えにいくのもどうかと思っていたら、麻衣のほうからこの場所を指定してきた。

待ち合わせ場所には車で出かけた。俺の愛車はトヨタのＡＥ86。古いけれど、よく走るように普段からこまめに手入れをしている。麻衣が最新型の車が好きというのでなければいいと思ったけれど、彼女はそんなタイプじゃないという確信もあった。

合コンの翌々日にメールをもらったときには驚いた。笑って手を振って別れた後、そんなに気にしていたとは、かえって悪いことをしたと思うくらい、麻衣は謝ってきた。

彼女とメールや電話で話すのは楽しかった。本人は「しゃべりすぎてごめん」と気にしていたけれど、麻衣の話は楽しい。

むしろ何事もテキパキ進めていきそうな麻衣が、物事をゆっくり考えながら進めたい俺にイライラしたりしないか。そっちのほうが心配だった。

室田先輩には、お互いフリーなんだし、気楽に一度飯《めし》でも行って、楽しければまずは友達になったらいいだろと言われてはいる。それでも、女の子を楽しませる自信はなかった。

よく晴れている。風に雲が流れていく。

どこへ行こう。ぼんやりと考えていると、最近ＣＭでよく見かける、ダイハツの軽自動車が隣に停まった。

「お待たせ！」麻衣が降りてきた。声が明るい。

「いや、俺も今来たところだから」

本当は十五分前には到着していたけれど、もちろんそうは言わない。

「ホント？　元気だった？」

「うん、久しぶりだね」

「久しぶり」

麻衣がゆっくりとほほ笑んだ。全身で笑う、そんな笑顔だった。そうだ。この笑顔であの日も市電を見送ってくれたんだった。

「えーと、どっちの車で？」

「あ、俺、運転するの好きだから」

「だよね！　趣味、車だもんね。じゃ、おじゃましまーす」

麻衣は助手席に滑り込んだ。

これ、なんていう車？　ずいぶん年季入ってるよね。燃費どれくらい？　バイクも持ってるんでしょ？　次々繰り出されるクイズのような質問に、ひとつひとつ答えていく。

「すごく大事に乗ってるのわかるよ。私、車のことは全然わかんないけどね。なんかわかる。ハハハ」

そう言ってまた笑った。

行き先は海に決まった。車の調子は上々、もちろん今日は体調だってバッチリだ。

エンジン音を快調に響かせて車を走らせた。

修理を依頼してきたお客以外の誰かを助手席に乗せるのは久しぶりだった。まして女の子は。

電話やメールで打ち解けたとはいえ、実際に会うとさすがに少しは緊張する。それでも車の運転は車いじりの次に好きなこと。俺はだんだん楽しくなっていった。助手席でひっきりなしに話し続ける麻衣のおしゃべりも不思議と心地よかった。

自分の詳しい自己紹介のつもりらしく、生まれたときに母親がどんなに難産で大変だったかという話から始まって、幼稚園、小学校、中学校のさまざまなエピソードを披露し、今高校時代に差しかかっている。

「調理師になりたくて、神戸の専門学校に行ってたんだけど、高校は一年生のときからレストランのアルバイトばっかりやってて」

「へえ」

今、レストランでシェフとして働いている麻衣が、プライベートでもおいしいものを食べるのが好きだということは聞いていた。だからこそ、いくら食べ放題の焼き肉でも、出されたものにほとんど箸をつけなかった俺に腹が立ったんだろうな。何度かのメールと電話のやりとりで、そんな麻衣の気持ちがわかった。

「商業科だったんだけどね、〝バイトばかりでなんの資格も取らんと卒業するの、おまえだけや〟って、すっごい怒られたの」

そのときの教師の物真似《ものまね》をされても、似ているのかいないのかわからなかったけれど、麻衣は自分で言ったことがよほどおかしいらしく笑い転げた。

「あ、もしかして私うるさい？　よく言われるんだ」

「全然」即答した。

それは本当だった。全然気にならない。

よくしゃべり、よく笑う。それでいて屈託がなくて、麻衣の話ならいつまでも聞いていられそう。

「よかった。黙ってほしいときは言ってよね」

「うん」

その返事の何がおかしかったのかわからないけど、麻衣はまた笑い転げた。

麻衣が友達からすすめられたという海辺のカフェは、何度か雑誌に載ったとかで、お客でいっぱいだった。それもカップルがほとんど。足を踏み入れることすらためらわれたけれど、麻衣はどんどん行ってしまった。そして、四人がけのテーブルに座っているカップルへ近寄ると、「すみません、いいですか」と笑顔で頼み込む。

「いいって」と手招きされたら、行かないわけにいかないし……。

「ここ来てみたかったんだよね」

麻衣は頬づえをついて窓の外を眺めた。窓からは青い海が見える。太陽の光を受けてゆらゆらときらめいていた。その景色を飽きることなく眺めている横顔は楽しそうで……。

今日は天気がよくて本当によかった。心からそう思った。

「海、好きなの？」

「うん。海ってさ、大きいでしょ。広いでしょ。見てるだけで、細かいことはどうでもいいやって思えるんだよね。いくら見てても飽きない——あ、ごめん。私ばっかり」

麻衣は俺の席からは海が少ししか見えないことに気づいて、席を替わろうかと言い出した。

「いや、このままでいいよ」

別にいい人ぶったわけでもなんでもなくて、海よりも、海を見ている麻衣を見ていたいと思ったから。

麻衣がこの店のイチオシだと言うので、「しあわせいっぱい海の幸てんこ盛りパスタ」という注文するのが恥ずかしくなるような名前のパスタと、やたらに大盛りのサラダをとって二人で分けた。名前は恥ずかしいけれど、確かにおいしかった。

「これ、食べると幸せになるっていうのは本当かもね」

そう言うと、麻衣はパスタを頬張ったままウンウンうなずいた。

それに、「やせの大食い」と言われるくらい俺が普段はよく食べることを知って満足そうだった。俺の食べっぷりは見ていて気持ちいいらしく、何度もそのことで褒《ほ》めてくれる。


再び車に乗り、駐車場から出ようと車が発進しかけたときだった。

「あ、ちょっと停めて」

麻衣が身を乗り出すように前方を見ながら言った。

そして、車が停まると転がるように降り、「すみませーん」と言いながら海のほうに駆け出していった。

麻衣が駆け寄っていった先にいたのは、防波堤で並んで釣りをしていた老夫婦。知り合いなのかな……。車を路肩に寄せて、麻衣に続いた。

「すみません。何が釣れるんですかぁ？」

夫婦は一瞬驚いたような顔をした。全く知らない人だったのか！　でも麻衣の人なつっこさに、夫婦はすぐに笑顔を向け、魚でいっぱいになったバケツを見せながら、その名前を教えてくれた。

麻衣が「ねえねえ、見て見て」と手招きする。

「ママカリだって」

バケツをのぞき込むと、葉っぱのような形をした、銀色に光る魚が動いていた。太陽の光を受けて、濃い青のような緑のような色合いの背が輝いている。

岡山に住むようになってから、名物のママカリの酢漬けはときどき食べるようになっていたけれど、生きているのを見るのは初めてだ。

「なんでママカリって言うか知ってる？」

麻衣がいたずらっぽく笑った。さすがに語源まではわからない。そう言うと、ママ（ごはん）をカリ（借り）にいくほどおいしいからだよと教えてくれた。

「へえ、そうなんだ。よく知ってるね」

あとで岡山の人間でなくても、魚にちょっと詳しい人なら誰でも知ってることだとわかったのだけれど、このときはやっぱり料理人になるような子は違うなと思った。

おじさんが麻衣に釣り竿を示しながら、「やってみるか？」と笑いかけた。

「いいんですか？」

麻衣が目を輝かせると、おばさんもニコニコと「どうぞ」と釣り竿を差し出してくれる。

「ありがとうございます！　やろやろ！」

気がつけば、並んで釣り糸を垂れていた。

こういうのをコバルトブルーというんだっけ。レストランの窓から見ていたときより、海はもっと鮮やかでまぶしかった。遠くに行き交う船がまるで模型のように見える。波は穏やかで時折名前もわからない魚が跳ねて、銀色の小さなしぶきを上げる。

静かな時間が流れていく。

――なんだかいいな、こういうの。

ほんのりとあったかい気持ちになる。そういえば、初めて会った日、使い捨てカイロを手渡されたときにも同じように感じたっけ。

麻衣と目が合った。どちらからともなく笑って、それもまたなんだか照れくさくなって目を伏せた。

中学生かよ。思わず自分で自分にツッコミを入れ、苦笑する。

しばらく黙って釣り糸を垂れていた。

ふと横を見る。麻衣は真剣に浮きを見つめていた。小さな声で「ママカリ、ママカリ」とつぶやいている。

どうやら本気でママカリを釣り上げるつもりらしい。初めてでいきなりそれは無理だろうと思っていたら、麻衣が「あれ？」と声を上げた。俺の釣り竿の浮きがピクピクと水中に引き込まれている。

「釣れてる！　釣れてる！　あんたたち、ほら」

休憩していたおじさんとおばさんが飛んできた。

ママカリが釣れた。

遠慮したのだけれど、優しい夫婦は、数匹のママカリをポリ袋に入れて俺たちに分けてくれた。

こんな生ものを持ってドライブというわけにもいかない。どうしたものかと思っていると、麻衣も同じことを思っていたらしく、困った顔で言った。

「どうしよう、これ」

「俺、もらってもどうしようもないし、よかったら、君んちで――」

自宅に持って帰ってほしいという意味で言おうとしたのだけれど、麻衣は俺の言葉を最後まで聞かずに言った。

「ね、包丁とか鍋ある？」

「あ、まあ、一応」

「じゃ、私、これでなんかつくるね」

「え……、いいの？　俺、一人暮らしなんだけど」

「やだ。料理するだけだよ。なんにもしないから」

それは男のセリフだよ。思わず笑ってしまった。

そんな思いがけない成り行きで、待ち合わせしたスーパーで買い物をし、それぞれの車でアパートへ向かった。


まさか最初のデートで麻衣が来るとは想定外だった。ひどく散らかしているというわけでもないけれど、女の子を迎え入れるつもりのない部屋は間違いなくむさくるしい。

「ごめん。五分、いや、三分だけ待ってて――」

ドアの前で麻衣を待たせ、大急ぎで脱ぎ散らかした服と出しっぱなしのビールの空き缶などを片づける。

最後にもう一度チェック。見られて恥ずかしいものはなかったっけ。あった。ベッドの下に脱いだ形のままのスウェットが転がっていた。慌てて洗濯機の中に突っ込んだ。

「お待たせ」

「おじゃまします。わぁ、男の子の部屋って感じ」

車のポスターやミニチュアカー、机の上に研磨途中の部品などが雑然と置かれているのを珍しそうに見ていた。

「キッチン借りるね」

台所に入ると麻衣はまず念入りに手を洗った。そして、包丁とまな板を出すと、手早く魚をさばき始めた。決してよく切れる包丁ではないのに、丸のままの魚がきれいな切り身に姿を変えていく。その手際のよさに本当にプロの料理人なんだと感心してしまった。

「はい、どうぞ」まず出されたのは刺し身。

「いただきます。——何、これ、うまい！」

新鮮な刺し身はかみしめるとふわっと海の香りがした。すごく贅沢《ぜいたく》なものを食べているような気持ちになる。そう言うと、麻衣はおろして切っただけだよと笑った。だけど、本当においしい。二人で釣り上げたと思うと余計にそう思えた。

「こっちは酢漬けにしておいたから、一晩置いたら食べてみて。あとこっちはマリネね。和風、洋風、気分で食べて。こっちのオイル漬けはペペロンチーノに使うとおいしいよ」

そう言うと、車を停めたスーパーで買った保存容器に手際よく詰めて冷蔵庫に入れる。コーヒーでも淹《い》れようと思っていたら、麻衣は帰り支度を始めた。

「え、もう帰る？」

何かまた怒らせるようなことをしたかな。急に不安を覚えた。

そんな俺の不安をよそに、麻衣はニッコリ笑った。

「今日は楽しかった。ありがとう」

麻衣は風のように去っていき、あとにはすっかり調理されたおいしそうなママカリだけが残された。

なんとなく一緒に夕飯もと思っていたから、拍子抜けする。気を悪くしたのでなければいいのだけれど。

できたての料理を味見する。「うまっ！」と思わず止まらなくなった。

＊　＊　＊

「あー、やりすぎた、やりすぎたぁ！」

家に帰った途端に思い切り叫んだ。今日の自分の行動全部が恥ずかしすぎる。成り行きとはいえ、初デートの相手の家に自分から押しかけるなんて。また考えずに行動しちゃった。

料理しにいくと言ったら、彼、一瞬固まってた。きっとあきれたんだよね。やっぱりうちで料理して、あとで渡すとか言えばよかった。ああ、私のバカバカ……。

彼氏いない歴も三年を超えるとこれだもん。

でも……どうしても尚志に新鮮な刺し身を食べてもらいたかったんだ。

料理している途中で尚志が私の手元をじっと見ているのに気づいたとき、急に我に返った。ごはんも炊いて夕ごはんも一緒にと思っていたけれど、会うのは今日でまだ二回目。いくらなんでも、そんな彼女みたいなこと、図々《ずうずう》しいにもほどがある。

どうしようもないことを考えているうちに、いつの間にか眠ってしまった。

夜中に目を覚ますと、尚志からメールが入っていた。

——今日は楽しかった。おいしかった。ありがとう。次は肉のうまい店に連れていきます（合コンのときのリベンジ）。

よかった！　怒ってない。というより喜んでくれている。あまり絵文字を使わない文章が尚志らしいけれど、ちゃんと感情が伝わってくる。

ああ、ホッとした。これでやっと今日のことを思い返して味わえる。

ドライブは本当に楽しかった。彼の運転は慎重で、決して無理な追い越しなんてしない。それでいて飛ばすところはちゃんと飛ばす。乗っていて気持ちがよかった。それに、私がどんなにおしゃべりをしても、ニコニコと聞いてくれた。なんだか知り合ったばかりの気がしなかった。ずっと前から知ってる人みたい。そして、これからもまた会いたい。何度も会いたい。いろんな話をしてみたい。

もしかして、私、かなり彼のこと、気に入っているのかも……。

二度目のデートは、尚志が工場の人たちとときどき行くらしいステーキハウスに連れていってくれた。合コンのときの焼き肉を思い出して、あのときの話になったらどうしようかと思ったけれど、彼は何も言わなかった。

ステーキはやわらかくておいしい。大きな肉を尚志は本当においしそうに食べた。

ごはんをおいしくちゃんと食べる人に悪い人はいないと子どもの頃から親に言われていたけど、それは正しいと思う。

「ママカリの酢漬けもマリネも最高にうまかったよ。どっちも酢使ってるのに、和風と洋風でちゃんと別の料理になってて、驚いた」

そんなことを考えながら食べてくれたんだ。うれしくなって、つい酢とワインビネガーの違いなんか説明してしまった。へえと彼はまた感心して聞いてくれる。

「俺、あんまり酒飲むほうじゃないんだけど、酢漬けは日本酒で、マリネのほうはワインが合うかなと思って。といっても、全然詳しくないんだけど」

わざわざ料理に合うお酒を買いにいったというのには少し、いやかなりびっくり。

「それ正解なんだけど、逆も意外と合うんだよ。酢漬け、あっさりした白のワインで試してみて」

「それがさ、一気に食べちゃうのもったいなくて、毎日少しずつって思ってたんだけど、あんまりうまかったから、二日でなくなった」

「ホントに？　本当においしかった？」

「うん。本当に本当にうまかった」

その言い方があまりに真剣で笑ってしまった。

料理を勉強してきてよかったと思った。そして、もっとしっかりつくったものも食べてほしい。

「ねえ、だったら、今度はもっとちゃんとしたものごちそうするから、うちの店に来て」

「フランス料理の店だよね。緊張するな」

「そんな堅苦しい店じゃないの。親しみやすい料理を気軽に食べてほしいっていうのがオーナーの方針なんだよね」

ランチタイムは近くの会社員や主婦のグループが多くて、ディナータイムは圧倒的にカップルが多いこと、クリスマスやバレンタインといったイベントのときのにぎわいや、忙しいときに裏ではどんなに戦争みたいになるか、そんな話をすると、尚志は工場で車検の車が重なったときの忙しさや、乱暴に乗っているかどうかは車の心臓部やブレーキ側を見ればわかるとか、そんなことを話してくれた。知らない世界の話は本当におもしろい。

尚志は、仕事が終わった金曜の夜に来ると約束してくれた。金曜のコースは、オーナーこだわりの神戸牛のサーロインステーキに黒トリュフソースがメイン料理に入っている。きっと喜んでくれると思うと今からわくわくしてきた。

金曜日、約束の時間ぴったりに尚志はやってきた。

入り口の近くに植えてあるあじさいが今ちょうど盛りで、きれいな水色の花を咲かせている。尚志はその花と同じ色のシャツを着ていた。ちゃんとジャケットも着ている。それがすごく似合っていて、ドキッとした。

「いらっしゃいませ」

挨拶《あいさつ》に出ると、私のコックコートに尚志は目を見張って、小声で「似合うね」と言ってくれた。口元がほころびそうになるのをこらえるのが大変。

一人客の彼は少し浮いていて緊張しているみたい。料理は、「よくわからないから任せてもいいかな」と言うので、お薦《すす》めコースにした。

料理が出てくると、食べる前に、その盛りつけをじいっと眺め、ゆっくりと口に運んでいる。そして、一口食べるごとに、納得するようにうなずいて、なんだか楽しそう。口に入れて、驚いたような顔をしているところがかわいい。またひとつ、尚志の真面目《まじめ》な性格を見つけたと思った。

料理を運ぶのはもちろんギャルソンだけれど、厨房のスタッフがヘルプに出ることもある。六人グループが注文したスペシャルディナーのオードブルを一皿多めにすばやくつくると、尚志のテーブルに持っていった。

内緒のサービスだと気づいてくれたらしく、小声で「ありがとう」と、にっこり笑ってくれた。

「あれ、すごいね。フライパンで、ボッと火がつく」

客席からも角度によっては厨房の中が少しだけ見える。

「ああ、フランベ？　強いお酒を入れてね、アルコールを一気に飛ばして香りをつけるの」

「ヤケドしない？」

つい大きな声で笑いそうになって、慌てて真面目な表情をつくった。

「そのようなことはございません、最近は」

そう言って厨房に戻った。この間、厨房は戦争みたいになるなんて話をしたから、気にしてのぞいてくれていたのかな。

そこからは本当に忙しくなり、息をつく暇もなくなった。メインのサーロインを出した後、少しだけ客席をのぞくと、尚志は小さく切った肉を口に運んだところだった。ゆっくりとかみしめ、うなずいている。

なんておいしそうに食べる人なんだろう。今まで自分のまわりにはいなかったタイプだな。最後のデザートとコーヒーまで、尚志は残さずきれいに食べた。

「本当においしかった。ごちそうさま」

代金はいいと言ったのに、尚志はガンとして譲らずきちんと支払いをすませた。

「仕事、遅くまで大変だね。帰り、気をつけて」

そう言って小さく手を振ると、尚志は店から出ていく。

厨房の先輩たちには「彼氏か?」と冷やかされた。

「やだな。違いますよ」と否定した後、誰にも聞こえない小さな声で「まだ」とつけ加えてみる。

本当にそうなれたらいいけれど。あまり感情を表に出さない尚志の気持ちはまだよくわからないんだよね。


最後のお客様が帰って、厨房の後片づけと明日の仕込みまで終えると、十一時を過ぎていた。ロッカーで着替える前に最初にしたのは、携帯のチェック。尚志からのメールは入っていなかった。

今日はワインを飲むから車じゃなかったし、まだ家に着いてないのかな。

少しだけがっかり。彼ならすぐに料理の感想を送ってくれるんじゃないかとどこかで期待していたから。

駐車場は店の裏手にある。商店街から少し離れているから、この時間になると人影はほとんどない。

見上げた夜空には星が見えた。明日も晴れるといいなあ。メールがないことなんて気にしないつもりで、違うことを考えながら駐車場に向かった。

ふと気づくと、ガードレールに誰かが座っている。こんな時間に誰だろう。その人影は立ち上がるとこちらに近づいてきて、オレンジ色の街灯がその人の顔を照らし出した。

尚志だった。

「お疲れさま」

「え、どうしたの？　なんか忘れ物？」

メールじゃなくて本人？　どうして？　あんまりびっくりしてバカなことを言ってしまいそう。

「ううん。そうじゃない。あ、いや、でも、そうだね。忘れ物かも」

尚志の顔はどこかこわばっていた。思わずこちらも少しだけ緊張してしまう。

「あの……、中原麻衣さん」

「……はい」

「俺、いや、僕と……つき合ってもらえませんか」

「え――」


どうしてこの人はいつもさりげなく私を驚かせてくれるんだろう。

「それ、言うために待っててくれたの？　ずっと？」

尚志は優しい顔でうなずいた。

「今日働いてる麻衣を見てたら、やっぱり素敵な人だと思って……これからもいろんなところへ行ったり、おいしいもの食べたり……あ、別にいつもつくってくれって意味じゃないけど」

慌てる彼を見ていたら笑いが込み上げてきた。うれしくて。うれしくて。

「どう、かな？　あ、返事、すぐじゃなくていいよ」

尚志が最後まで言い終わらないうちに言った。

「はい。私でよければ。喜んで」

「ホントに？」

「うん」

「やった」

尚志は小さなガッツポーズをした。ねえ、本当はガッツポーズをしたいのは私のほうだよ。

ありがとう……。これからよろしくね。

きっと幸せになれる。この夜の私はそう信じて疑わなかった。


私は思ったことはなんでもすぐに口に出してしまうから、何事にも慎重で、決して感情的にならない尚志とはいい組み合わせだとよく友達に言われた。自分でも本当にそう思う。たまにはケンカもしたけれど、私たちは毎週のように一緒にいた。

デートはドライブが多かった。何度目のデートだったか、とっても見晴らしのいい山の上へ行った。ちょうど夕暮れ時で、眼下に灯り始めた街の明かりがホタルのように瞬いていて、遠くには海が夕日を浴びて輝いていた。

「うわ、きれい――」

展望台のギリギリに立って目の前に広がる景色に見入ってしまった。恋人たちがたくさん訪れるデートスポットらしいけれど、風が少し強かったせいか、周囲には誰も人がいなかった。

爽やかな風が吹き抜ける。私は大きく両手を広げた。こうしていると、鳥になってどこまでも飛んでいけそう。

ふと隣に視線を向けると、真顔になった尚志の顔が目の前に近づいてきた。

初めてのキス。優しいキスだった。尚志はそっと包み込むように抱きしめてくれて、耳元で恥ずかしそうにささやいた。

「好きだよ」

「……うん。私も好き」

あなたの穏やかさ、控えめなのに、ちゃんとまわりを見ていて思いやる気持ち、結構格好いいのに格好つけないところ、無口なくせにおもしろいことを見つけるとずっと笑ってるところ……知り合ってからいくつもいいなと思うところを見つけた。

でもね。こんなにも一緒にいて幸せな気持ちになったのは初めてだよ。

好きだよ。……ずっとそばにいたい。

＊＊＊

楽しい時間が飛ぶように流れるというのは本当だと思う。時間が経《た》つのがこんなにも早く感じられるのは初めてだった。

出会ったときはまだコートを着ていた麻衣が、いつの間にかノースリーブから細くて白い腕を見せている。季節はもう夏だった。

ある日、岡山市の郊外にある麻衣の家に遊びにいった。その日はよく晴れていて、じっとしていても汗ばむような陽気だった。

麻衣の家は大きくて、庭に植えられた木々からはセミの鳴き声が降るように聞こえてくる。

「さ、入って入って。気い使うような家じゃないから」

そう言うと、麻衣はさっさと家の中へ入っていってしまった。入れかわりにお母さんの初美《はつみ》さんがエプロンで手を拭きながら顔を見せた。にこにこした丸顔の優しそうな人だ。どことなく麻衣に似ている。ずっと専業主婦でおっとりしてるけど、お父さんより強いと麻衣から聞いている。きっと芯が強いという意味なんだろう。

「尚志君、いらっしゃい。よく来たわね。ね、おなかすいてるでしょ。すいてるわよね」

ちょっと強引なところが麻衣に似てるか。

「今ね、お昼つくってたの。といっても、簡単なものだけど。ね、上がって上がって」

「え、あ、はい」

初対面とは思えない気安さで迎えてくれて、バタバタとキッチンへと戻っていった。玄関に取り残され、なんとなく遠慮しつつ家に入る。どこの家にもその家独得の匂いがあるけれど、麻衣の家の匂いはおいしそうな食べ物の匂いが満ちていて、どこか懐かしい。

そんなことを思っていたら、リビングの入り口にお父さんの浩二《こうじ》さんがいた。麻衣いわく「市役所勤務のガチガチ頭」だそうで、実際ちょっと圧倒された。真面目な印象で、上司だったら緊張してしまうようなタイプ。背が高く、180センチはある気がする。

じっとこっちを見ているお父さんに、慌てて頭を下げた。

「あの……、はじめまして。麻衣さんとおつき合いさせていただいている西澤尚志です」

頭を上げると、お父さんがフッと口の端で笑った。笑うと途端に人のよさそうな顔になって思わずホッとする。

「まあ、入って」

それだけ言うと、奥へ行ってしまった。


麻衣母娘《おやこ》はとにかくよくしゃべった。友達母娘というのはこういう親子をいうんだろう。話題はファッションから始まって、近所の噂話から仕事の話まで次から次へと変わっていく。男がとても口をはさめない。そんな二人をお父さんはただニコニコと見守っている。目が合うと、「騒がしいだろ」というようにニッと笑った。

昼食は麻衣特製のパエリアを堪能し、その後、庭に面するウッドデッキに案内された。庭先に手づくりらしい木製のテーブルが置かれ、麻衣の子どもの頃からのアルバムが広げられる。

「ねえ、どれが私だかわかる?」

小学校時代の集合写真の中から赤いリボンをつけた女の子を迷いなく指さした。

「なんでわかったの?」

「全然変わってないから」

「え、うそ。この頃、私、すっごく太ってたのに」

麻衣はそう言って口をとがらせる。リビングで新聞を読んでいるお父さんが背中で笑っているのが見えた。

生まれたときからの分厚いアルバムの数もさることながら、写真の中の麻衣はいつも笑顔で、どれも楽しそうだった。

お母さんがスイカを運んできた。麻衣がさっさと手を伸ばし、「こら、お客さんから」と叱られるけど、彼女は少しも気にしない。この三人に囲まれているうち、俺は自然に家族になじんでいた。

「六年生の運動会のときにね、この子熱があって、三十九度だっけ、でもそれ言わなくて、言うと出られなくなるからって、で、そのまま運動会出て、一等賞をとって、で、その夜から寝込む……そういう子」

「なんか男前ですねぇ」

「まぁね」と麻衣がVサインをした。褒めたわけではないんだけど……。

「尚志君は？　どういう子だったの？」お父さんに聞かれた。

「僕は、そうですね……遠足の少し前から、その日風邪をひいたらどうしようと考えすぎて、で、実際風邪をひいちゃうみたいな、そんな子ですね」

「似てる」と、お父さんは自分を指さして笑った。

笑っていいところなのかわからなかったけれど、悪い気はしない。

夕飯前には帰るつもりだったのに、すっかり引き留められ、中原家を出たときには空に星が出ていた。

「いいご両親だね」

「うん」迷いなく麻衣は答える。あの両親のもとで育ったから、麻衣はこんなふうに屈託のない女の子になったんだろうな。それがよくわかる。

あのお父さんとお母さんなら、うまくやっていけるんじゃないか。口下手であまりしゃべることが得意じゃない俺の気持ちをわかってくれる、そんな気がした。

太陽モータースはお盆の前後をはさんで休みとなる。夏休みは京都の実家に帰らないと言うと、麻衣は驚き、そして怒った。

「お父さんとお母さん、待ってるでしょう。顔見せるのも親孝行なんじゃないの。なんでそういうのわかんないかなぁ」

あまりにも真剣に怒るので、笑ってしまったくらい。

麻衣と合わせられた休みは二日だけだったから、どこかへ旅行にでもと思っていたのだけれど、ふと思いついて軽い気持ちで「だったら、一緒に来る?」と言ってみた。いやがるだろうと思っていたら、「行く!　行く!」と目を輝かせる麻衣。自分の親には紹介したのに、俺の両親には挨拶していなかったことを気にしていたらしい。

そんなわけで、麻衣を連れて京都の実家へ帰った。

両親は麻衣を大歓迎した。何せ女の子を自宅に連れてきたのは、小学五年生のお楽しみ会の練習のとき以来。人なつっこい麻衣は母さんと昔からの知り合いのように笑い合い、親父とは遅くまで酒を酌《く》み交わした。

実家に帰って二日目の夜は地元の花火大会だった。

夕方になってもまだ蒸し暑かったけれど、ヒグラシがカナカナと鳴き始める頃には少し涼しい風が出てきていた。少しして、あたりは夕闇に包まれた。

「お待たせ」麻衣が家から出てくると、母さんに借りた浴衣を着ている。思わず見とれた。

「何?　おかしい?」

「違うよ。すごく似合ってる。いいね、そういうのも」

「やった！　うれしい！　行こ行こ！」

麻衣がスッと手をつないで俺を引っ張っていく。アップにしたうなじの後《おく》れ毛がなんだか妙に色っぽくて、ドキッとした。

花火大会の行われる河川敷には露店が並び、色とりどりの明かりがともっていた。近づいていくと、綿あめの甘い匂いが鼻をくすぐり、子どもたちの歓声がわきをすり抜けていく。

やがて花火の打ち上げが始まった。麻衣は空を見上げている。夜空に浮かび上がる鮮やかな花火は光のシャワーみたいで、いつまでも見飽きることがない。

「すごいね。きれいだね」

その声が震えているような気がして、ふと横を見ると、麻衣は涙を流していた。

「どうしたの？　どっか痛い？」

「ううん。ごめん、そんなんじゃない。ただ……」

あまりにもきれいで、この花火を一緒に見ていられることが不思議で、そう思ったら涙が出てしまったと麻衣は言った。

言うべき言葉が見つからなかった。麻衣の気持ちはよくわかる。自分も同じだったから。しっかりと彼女の手を握りしめ、俺たちは花火をずっと見つめていた。

岡山に帰る日、母さんがこっそりと「お母さん、麻衣さんなら賛成よ」とささやいた。なんのことか尋ねると、「決まってるでしょ。孫の顔見せてくれるなら、順番が逆だってちっともかまわないからね」と背中をたたき、ハハハと大声で笑った。

やめてくれよと怒ってみせたものの、両親も麻衣のよさを認めてくれたことが素直にうれしかった。麻衣ならうちの家族に自然に溶け込める。そして、自分もまたあの麻衣のお父さんとお母さんを家族と呼ぶことが自然な気がした。つき合い始めて半年近く。まだまだ先だと思っていた結婚の二文字が少しずつ心の片隅に、いや、真ん中へと上るようになっていった。

秋の終わりには麻衣の誕生日があった。出会って初めての誕生日。気の利いたプレゼントを選ぶ自信はなかったから、本人に欲しいものを聞いてみた。

「そういうのはサプライズがうれしいのに」

女心とはそういうものか……。

「でも、麻衣の欲しいものをあげたいからさ」

「じゃ、指輪。あ、でも、別にダイヤとかそういうことじゃないよ」

麻衣は慌てて手を振って、誕生石の入った細身のゴールド、デザインは任せると言った。

料理人は仕事柄ヤケドや切り傷が絶えず、ネイルをするわけにもいかない。せめて仕事以外のときにアクセサリーくらいつけたいらしい。

誕生日は、いつも洋食をつくっている麻衣を驚かせたくて、ちょっと奮発して懐石料理の店にした。麻衣はひとつひとつさんざん眺めてから口に運んだ。

「飾りつけがすごく品があるよね。出汁《だし》の香りもいい」

食いしん坊の素の部分と料理人の一面が両方あって、見ているだけで飽きない。

「誕生日おめでとう」

デザートの水菓子が出た後に、指輪の入った小箱を差し出した。フタを開けると、麻衣はぱあっと明るい笑顔になった。

「素敵！　なんてきれいなの！　ね、つけてつけて！」

テーブル越しに手を伸ばし、リクエストどおり左手の中指にはめた。初めて足を踏み入れるジュエリーの店で緊張しながら選んだ。それほど高いものじゃないのに、こんなに喜んでくれるなんて。

「ありがとう、尚志。大事にするね」

こちらこそありがとう。そんなに素敵な笑顔を見せてくれて。


季節は飛ぶように流れていった。

麻衣は、クリスマスイブは仕事が入っていたけれど、そのかわり翌日はなんとか休みがとれたみたいで、二人だけでささやかなパーティーをすることになった。気どった格好も豪華なレストランもなし、俺の部屋で二人で祝うと決めた。

麻衣はクリスマスディナーをつくると、張り切っていた。まずはいつものスーパーで食料品の買い出し。あれこれ言いながら一緒に材料をカゴに入れていく。


買い物袋を両手にたくさんぶら下げて外に出ると、雪が降り始めていた。

「すごい」麻衣は空を見上げ、雪をつかもうとするように手をかざした。

「ホワイトクリスマスだね」

「ね、ホワイトクリスマス。積もるかな、積もるかな」

子どものようにはしゃいでいる麻衣。今にも踊り出しそう。

「積もるといいね」

麻衣がそれほど喜ぶなら。

自分ではない誰かが喜ぶこと、幸せを感じてくれることがこんなにも楽しいものだと感じるのは、麻衣とつき合うようになってからだな。


麻衣のつくったクリスマスディナーは想像以上に豪華だった。こたつテーブルの上いっぱいに並んだ料理のメインはクリスマスバージョン特製パエリア。その他、ローストチキンをはじめ、こんなに食べきれないだろうというくらい並べられた。

麻衣へのクリスマスプレゼントはスノードームにした。ガラスのドームをひっくり返すと、白い砂が粉雪みたいに舞い上がり、少しの間、その中の小さな町は吹雪のようになった。

「きれいだねぇ」麻衣はそう言って、いつまでも飽きることなく眺めている。

麻衣からのプレゼントはマフラーだった。やわらかな手触りの、ブラウンがベースなストライプ柄。

「手編みじゃなくてごめんね。でも、気持ちは思いっきり詰まってるからね」と巻いてくれる。

「うん、似合う」巻き終わった麻衣の指が耳をかすって、笑顔になる。愛おしい思いが募って、どちらからともなくキスをする。静かな夜。外はもう雪が積もり始めているのかもしれない。

テーブルの上ではできたての料理が並んでいる。でも、今は料理より麻衣を抱きしめたかった。

キスをしながらゆっくりと体を重ねていく。麻衣のぬくもりを感じて、ディナーは少しお預けにしよう。そう思ったとき――ガラガラガッシャーン！　麻衣のひじがテーブルクロスを引っかけて、料理が床に落ちてしまった。

「あああああっっ！」無残なことになってしまった料理にたまらず情けない声が出た。せっかく麻衣がつくってくれたのに。

なのに麻衣は、片づけながら笑いが止まらなくなっていた。

「私たちってさあ、ホント、ロマンチックが似合わないよね」

俺も思わず笑ったけれど、これはこれで、忘れられない思い出になった。

＊　＊　＊

二〇〇七年――

二〇〇六年の年末は、それぞれの家族と過ごすことに決めた。尚志のお父さんとお母さんだって、お盆と年末年始くらいは帰ってきてほしいと思っているに決まってる。

尚志は仕事納めの後、工場の人たちとの忘年会が終わるとすぐに、京都の実家に帰った。

京都は岡山より寒いみたい。着いてすぐに尚志からそうメールが来た。

私も親子三人水入らずの静かな年越し。みかんを食べながらテレビで紅白歌合戦を見つつ、「あ、この曲、尚志が好きな歌だ」「この間、尚志と行ったお店で流れてたなぁ」と、自然と尚志のことばかり口に出ちゃって。

ついにお母さんが笑い出した。

「来年の年越しは尚志君と一緒がいいんじゃないの？」

「えー、ダメだよ。年越しくらい家族と一緒じゃないと」

「家族になってるかもしれないじゃないの」

私が「えっ」と言うのと、お父さんがギクッとしたように新聞から顔を上げるのが同時だった。そこでお母さんの好きな「千の風になって」が流れ始めて、お母さんは「あ、この歌いい歌よねぇ」と一緒に歌い出し、その話題はなんとなくそこで終わった。

尚志と家族か……。

もちろん考えなかったわけじゃない。友達はもう何人も結婚して、早い子は子どももいる。だからつき合うときには、当然結婚だって考えてないわけじゃなかったけれど……。

でも、尚志がどう思っているかはわからない。そんなことを考えていたら、恥ずかしくなってきた。

「ん？　どうした麻衣？　ニヤニヤして」お父さんが声をかける。

え？　そんなに顔に出てた？

「あ、うん。いい曲だなぁと思って」慌ててごまかしたけど、バレバレだよね。

「でも、これ、亡くなった人のこと歌ってるんだぞ。ニヤニヤするような歌詞じゃないだろう」

まずい。テレビに目をやるだけで、まるで頭に入ってなかった。

「お水足してくるね」

ストーブにかけたヤカンを取り上げて、キッチンへ逃げ出した。

すっかり熱せられたヤカンに水を入れるとジュッと音がして小さな湯気が上がっ

た。水を満たす間、窓越しに外を見ると、満天の星空が広がっている。

今頃、尚志も家族と紅白を見ているのかな。

「家族か……」

そうつぶやいた途端、カーディガンのポケットに入れていた携帯が震えた。尚志からのメール。

考えていたことが伝わったみたいでドキッとした。

——もうすぐ２００６年も終わりだね。今何してた？

——親と紅白見てた。尚志は？

——こっちも（笑）。紅白終わったら近所の神社に初詣。

——寒いから、カゼひかないようにね。

——ありがとう。麻衣もな。２００７年もよろしく！

——こちらこそ！

胸がじんわりと温かくなった。

今年は尚志に出会えたことが最大のニュース。尚志にとってもそうであってほしいな。

幸せ……。来年もずっと一緒にいられますように。

＊　＊　＊

元旦の夜に岡山に戻ってきた。これまでは、一月四日の仕事始めギリギリまで実家でゴロゴロしていたけれど、今年はもう帰るのかと驚かれた。もちろん麻衣に会いたいからだというのはバレバレだったけれど、親父も母さんも「麻衣ちゃんによろしくね」と気持ちよく送り出してくれた。

「今年の紅白は麻衣ちゃんも一緒に見られるといいねぇ」

「え？　あぁ、そういうこと？　何言ってんだよ。まだつき合って一年も経たないのに」

「あら、別にいいじゃない。一生のパートナーって、会ってすぐにわかるものよ。何年もつき合わなきゃわかんないなんて、そのほうが信じられないわ。お父さんとお母さんなんてね、出会って三日で結婚決めたんだから」

「ハイハイ。それ、もう何度も聞いたって」

両親が図書館で出会って一目ぼれし合って結婚した話は、子どもの頃からいやというほど聞かされている。妙にロマンチストな二人は、恋愛に関しては運命とかいうものを信じているらしい。しかし、だからといって息子にまで、つき合って一年にもならない彼女との結婚をすすめるのかよ。

でも、考えてみれば、そんなことを言われたのは初めてだった。

それは……相手が麻衣だからだと思う。

母さんの言葉は、俺がずっと心の奥で考えていたことをひそかに後押しすることになった。


一月四日の仕事始めの日、太陽モータースに麻衣とその友達の三島《みしま》みゆきちゃんが遊びにきた。麻衣に会うたび車のことを話してきかせるうちに、俺がどんなふうに働いているのか見たくなったらしい。

みゆきちゃんは、麻衣と出会った合コンにも参加していて、今では室田先輩とつき合っている。スラッと背の高いみゆきちゃんに小柄な室田先輩が猛烈にアタックしたと周囲には思われているけど、実は逆。最初はそうだったらしいけれど、初めて食事をした後に、みゆきちゃんのほうがすっかり室田先輩のファンになったんだとか。

麻衣は興味津々《しんしん》で板金塗装の作業を見ていたけれど、つまずいて塗りたてのパーツに手をついてしまった。掌《てのひら》にべっとりと塗料がついた。

「わ、やっちゃった」

「大丈夫？　ごめん」

「なんで謝るの？　悪いの、うっかりしてた私でしょ」

「いや、こんなとこ連れてきて」

「こんなとこってなんだよ！」

俺の言葉を聞きつけた室田先輩がすかさずツッコミを入れた。

「室田さんがこんなとこ置いとくからでしょ！」

「俺のせいかよ！」

まあまあとみゆきちゃんが割って入った。麻衣は笑い転げている。俺と室田先輩の会話はいつも漫才のように聞こえるらしい。

すぐに溶剤で麻衣の手についた塗料を必死に落とす。

麻衣は俺の顔をのぞき込んで言った。

「優しいのはいいけど……大丈夫ですかぁ？」

ちゃかして言ってるけど、麻衣の気持ちはわかっている。不注意だった自分が悪いのに、全部自分のせいだというように責任を感じてしまう俺を優しすぎると言いたいんだろう。別にそんなつもりじゃないけど。

それに麻衣の手の汚れを必要以上に丁寧に落としたのは理由があった。それは、麻衣の左手の薬指のサイズを測ること。誕生日に左手の中指のサイズは教えてもらったものの、見ただけでわかるほど詳しくはない。

俺は左手の薬指にはめる指輪を買うつもりだった。年末に実家に帰ったとき、麻衣との将来を本当に形にしたいと思えた。別に両親から言われたからじゃない。心からそうしたかった。

いつになく、そして柄にもなく必死に、プロポーズのシチュエーションを考えた。考えているうちに春頃にはと思っていた気持ちが走り出し、止まらなくなっていた。

サイズを確かめた後、冬のボーナスと今まで貯《た》めた貯金を手に、誕生日の指輪を買った店へ行き、ダイヤのエンゲージリングを選んだ。

決行は二週間後の二人の休みの日、場所は今まで何度かデートで訪れたことのある山頂――。

街中より空気の冷たさがキーンと感じられる。麻衣のくれたマフラーは毎日欠かさず使っている。もちろん今も。

夕暮れ時の山頂からは、冷たく澄みきった空気の中、街の灯がくっきりと輝いて見えた。

「きれいだね。宝石箱をひっくり返したみたいってよく言うけど、きっとこういうのを言うんだろね。宝石箱も宝石も持ってないけど。アハハ」

風が麻衣の髪を揺らす。白い横顔が本当にきれいだ。でも、麻衣のジョークにうまく反応できない。俺はガチガチに緊張していた。

「麻衣、あのさ……」

声が裏返っていないかとひやひやした。さりげなく、前に贈った指輪を見せてくれないかと尋ねる。以前、誕生日に贈った指輪を麻衣は左手の中指にはめていた。夜景に見入っていた麻衣は、理由も聞かずはずして渡してくれた。受け取った指輪をこっそりポケットにしまうと、小箱から新しい指輪を出して麻衣の手をとる。

「ありがと」そう言いながら左手の薬指にはめる。よかった。サイズはバッチリだ。でも、元の指輪を返してもらっただけだと思っている麻衣は、全く気づいていない。

え……？　思わず焦った。

「どうしたの？」

「いや……」

とぼけるしかない。

冬の風はいよいよ冷たくなってきた。いつまでもここにいるわけにはいかないし、困ったな、と思っていると、寒そうに手をこすり合わせた麻衣がハッとしたように自分の手を見つめた。

やっと気づいてくれたか。

「……あれ？　え？　これ……」

麻衣は問うようにこっちを見た。

「――結婚しよう」

＊　＊　＊

全く予想してなかった。

結婚しよう。尚志ははっきりそう言った。

薬指のダイヤが月の光を受けてキラキラ輝いてる。

言葉が出なかった。私はただうなずいた。

「気づかないっていうのは想定外でした」

「だって……。ありがとう」

私が尚志と家族になりたいと思っていたように、尚志も同じように考えてくれてたんだ。そのことが何よりうれしかった。

私たち、今日、恋人から婚約者になったんだね。これからずっと一緒だね。

尚志……。大好き。

＊　＊　＊

車を停めて食事をしようと歩いていたとき、ちょうど結婚式に出くわした。道路に面した入り口から見えるのは、赤いじゅうたんが敷かれた階段。それは式場へと続き、その両わきに華やかな服を着た招待客が並んでいて、そこだけ明るさを放っていた。

集まった通行人たちの後ろについて階段下から見上げていると、麻衣は突然「前で見よ」と言うと、俺の手を引っ張って最前列に顔を出した。

「ここ……前を通るたびに思ってたの。素敵だなって」

　プロポーズ、そして麻衣と夫婦になることばかりを考えていたけれど、そこに結婚式があることをすっかり忘れていた。そして、結婚式が女の子にとって大切なイベントであることも。目立つことが好きじゃない俺からすると、結婚式はしなくてもいいと思っていたくらいだったから。

　それから音楽が鳴り響き、階段上でドアが開いた。光の中、新郎新婦が現れる。拍手と浴びせられる花びらが二人を包む。花嫁は笑顔で参列者たちに手を振っていて、本当に幸せそうだった。

　麻衣が俺の手をぎゅっと握った。そっと麻衣の横顔を見る。麻衣は花嫁に見入っていた。花嫁が笑うと、麻衣も笑った。花嫁が涙をぬぐうと、麻衣も泣きそうになっていた。

　こんなにも感動するものなのか――。

　もう一度花嫁を見る。見知らぬ花嫁が、純白のウエディングドレスをまとっている麻衣に重なって見えた。

　ふと新郎新婦と参列者の輪の外に目を向けると、祝福する人たちのすぐ後ろに立っている黒いパンツスーツ姿の女性が見えた。インカムで何かを話している。その目線を追うと、離れているところにいるスタッフに何かを指示をしているのがわかった。笑顔で新郎新婦に拍手を送りながらも、その目はその場のすべてをとらえているようだった。

人込みの中にパンツスーツの女性を見つけた花嫁が、感謝の表情を浮かべて小さく頭を下げた。それだけで、パンツスーツの女性を心から信頼しているのがよくわかった。

ウエディングプランナーっていうんだっけ。

突然、俺は麻衣の手を引っ張ってその女性のところに駆け寄った。麻衣は目を白黒させている。

「あの、すみません」

彼女は少し驚いた様子だったけれど、すぐに笑顔を浮かべた。

「はい」

「予約したいんですけど」

「はい？」さすがに面食らったような顔。

「お願いします！　ここで結婚式を挙げさせてください」

きっとこのときの俺の顔は、怖いくらい真剣だったと思う。

＊　＊　＊

突然、尚志が式場を予約したいと言い出して、本当に驚いた。結婚式に対しての憧れはいろいろあったけれど、今までほとんど話したことはなかったから。今夜はプロポーズされた余韻があって、そこでちょうど、ずっと気になっていたアーヴェリール迎賓館の結婚式にぶつかって……きっと私、バカみたいに花嫁さんに見とれてたんだろうな。尚志はいつも私の気持ちを先回りして考えてくれる。彼はシャイだから、結婚式なんて本当はやりたくなかった気もするけど。

ウエディングプランナーの女の人は、最初こそ驚いた様子だったけれど、すぐに館内に通してくれた。白を基調にしたロビーは明るくて、あちこちに飾られた幸せそうに笑う花嫁のポスターや実物のウエディングドレスは、やっぱりどれもこれもため息が出るほど素敵。

尚志が話しかけたウエディングプランナーは島尾真美子《しまおまみこ》さんという名前。スラリと背が高くて髪もきっちりまとめている。メイクも最小限なのは花嫁を引き立たせる黒子に徹しているためなのかな。いかにも頼りになる雰囲気の人。

島尾さんは「すぐに予約状況を調べてきます」と席を立った。

「ああ、全部が急すぎて、なんか信じられない。なんか怖い、幸せすぎて……」

ズキン。頭痛がした。

「どうした？」尚志が心配そうに顔をのぞき込む。

「今日はなんかいろんなことがありすぎて……頭痛くなってきた」

きっと心も体も今日というサプライズだらけの日に驚いているんだよね。

少しして、島尾さんが戻ってきた。

「今年の三月十七日、ＯＫです。空いてます……でも、仏滅なんですが、よろしいですか？」

結婚式を挙げるなら、二人が出会った三月十七日。仏滅だと、両親はいやがるかもしれないけど、思い出の日を大事にしたかった。

ああ、私、とっても幸せなのに、こんなに頭が痛いのはどうしてなんだろう――。

第二章　俺たちの悪夢

結婚式の準備を急がなくてはいけない。招待客の打ち合わせを俺の部屋でするために麻衣がやってきた。ランチは麻衣がつくってくれたけど、珍しくいつもより時間がかかっていた。

メニューはグリーンサラダとカルボナーラ。いつもの麻衣なら目をつむってでもつくれる料理。それが珍しくパスタをゆですぎて、味つけもいつもより濃かった。サラダのドレッシングも忘れている。それだけならまだいいけど、何より心配だったのは、ほとんど食欲がないように思えたこと。

「まだミスのこと、気にしてる？」

最近、職場で客からの予約の電話を受けたことを忘れたり、食材を間違えたり、俺とのデートをすっぽかしたりと、麻衣らしくないミスを連発していて、麻衣は落ち込んでいた。仕事が忙しいところに結婚式の準備が重なったせいなのかな。

「そうだ、スライドで映してもらう写真、いくつか選んだんだ。見てくれる？」

楽しかったときのことを思い出せば、元気になるかもしれない。そんなつもりで、今まで二人で出かけるたびに撮りだめた写真を広げた。

「この滝、すごかったなぁ。麻衣、近くに寄りすぎて、びしょ濡れになったろ」

「ああ、あと、このホルモンうどん、これおいしかった」

次々に写真を見せていったのだけれど、麻衣は無表情のままだった。

「……なんのこと」

麻衣は怒っているというより、戸惑うようにそう言った。

「そんなもん食べてないし、滝なんて私、行ってない」

「え？　どういうこと？」

「だから行ってないって、そんなところに」

はっきりと写真に残っているのに、いったい麻衣は何を言っているんだろう。

「行ってない、行ってないっていったら、行ってない。だって覚えてないもん」

麻衣は頭を押えてしゃがみ込んでしまった。さすがにこれはただごとじゃない。

「大丈夫？　頭痛い？」麻衣を守るように抱きしめた。

「行ってない、ね、行ってないよね。私、おかしくなってないよね」

その顔は得体の知れない恐怖に心底おびえているようだった。麻衣の中で何かよくないことが起きている気がした。

「病院、行こう」

このままにはしておけない。迷うまでもなかった。

フラフラしている麻衣を支えながら外へと出る。助手席に麻衣を乗せようとしたとき、麻衣は突然目を見開き、いやーっと叫び、駆け出した。

「麻衣！」

＊　＊　＊

自分が壊れていく——。

どうして世界はこんなふうになってしまったの。私はたった一人で知らない場所に立っていた。荒れた地面がどこまでも続き、人の姿はどこにも見えない。匂いも風も感じない。突然、足元から真っ黒で気持ちの悪い生き物が這《は》い上がってきた。払っても払っても襲いかかってくる。払った手を見ると、みるみるうちに指先から真っ黒になって腐っていく。壊れて、くずれて、なくなってしまいそう。

怖い。怖い。怖い。誰か助けて——。

＊　＊　＊

俺には麻衣に何が見えているのかわからない。麻衣はいやだ、いやだ、怖い、怖いと悲鳴を上げ、目に見えない何かを振り払おうとしている。

「なんなのこれ！　助けて！」

「何もいないよ」

「助けて！」

麻衣、どうしたらいい。何をしたら、君を助けられるんだよ。俺は、ただ狂ったように叫ぶ麻衣を必死に抱きしめることしかできない。

麻衣の家に連絡を入れて、岡山中央総合病院へ向かった。

叫び続ける麻衣を車から引きずるように降ろし、外来のロビーへ駆け込んだ。麻衣はもういつもの明るい麻衣ではなくなっていた。目はつり上がり、誰彼かまわず襲いかかりそうな鬼のような顔になっていた。どんなことをしても、何を言っても耳に入らない。大声で「放せ！　バカ野郎！」と、これまで聞いたこともない激しい言葉で罵《ののし》り、ものすごい力で暴れた。ロビーにいた患者やその家族が目を丸くしている。

「中原さんですね」あらかじめ電話連絡しておいたから、間もなく救急医療チームが駆けつけた。

「……やだやだ、死にたくない！」

いったい麻衣は何と戦っているんだよ。暴れ方が尋常じゃない。こんな力が麻衣の細い体のどこにあるのか。医師や看護師たちが数人がかりでなければ、麻衣をストレッチャーに乗せることもできなかった。その間も麻衣はずっと叫び続けていた。

それから麻衣は処置室に運ばれた。体を拘束され、けがをしないようにだろう、時計やアクセサリーもはずされた。俺と会うときには必ずつけていてくれた婚約指輪がトレーの上に投げ出された。

頼む。誰でもいいから、麻衣を助けてくれ。

麻衣。いったい何が起きているの？　俺は何をすればいい——。

やがて麻衣の両親が駆けつけた。医師からの説明は家族だけにということで、俺は廊下で待っているしかなかった。

もどかしくて仕方ない時間が過ぎた後、麻衣の両親が処置室から出てきた。

「麻衣さんは——」

「何があったのかはよくわからないそうだ。今は眠ってる」

そう麻衣のお父さんが答える横で、お母さんが無理をして笑顔を見せようとしているのがわかった。

「驚いたよね、本当に。……でもね、さっきのは本当の麻衣じゃないと思うの」

もちろん俺もそう思っている。何が起きているのかわからないけれど、目が覚めたら、きっと麻衣は「え、そんなこと言ったの、私？　ごめんね」と笑ってくれるはずだ。

――ところが、麻衣は目を覚まさなかった。


二日経っても麻衣の意識が戻ることはなく、麻衣のお母さんからはとにかく仕事に行くようにと言われ、集中できないまま工場で車に向き合っていた。麻衣が入院してから携帯電話は常にポケットに入れてあった。

麻衣のお父さんから電話がかかってきたのは、昼過ぎのこと。

「尚志君、落ち着いて聞いてくれ。今病院から電話があって、麻衣の心臓が止まったっていうんだ」

「え――」

うそだろ。いくらなんでも予想すらしていない言葉だった。目の前が真っ暗になって、必死で車に手をつき体を支えた。

待ってください。お願いだから、何かの間違いだと言ってください。

「私たちも今病院へ向かっているところなんだ。今、処置をしているらしいんだけど……ごめん。俺もよく状況がわからない。今仕事中だよね？　こっちに来られるかな――」

「行きます！」

慌てているらしいお父さんの話は正直要領を得なかった。電話を最後まで聞かず、すべての仕事を放り出して駆け出していた。

そんな、まさか。あんなに元気だった麻衣が死んだりするはずがない。一分一秒でも早く病院へ行きたかった。

いつもなら安全運転なのに、今日ばかりはスピードメーターを見る余裕すらない。それなのに、道はいつになく渋滞していて、なかなか進めない。

どいてくれ！　通してくれ！　俺は気が狂いそうだった。

ようやく病院に到着した。受付で麻衣の病室を尋ねる。

「ご家族の方ですか」と聞かれた。どう答えればいいんだよ。とっさに口をついて出たのは、「婚約者です」という言葉だった。

すぐに集中治療室に案内された。そこには、チューブにつながれ、眠っている麻衣がいた。泣きはらしたような目をしたお母さんは今にも倒れそうで、お父さんに支えられていた。

「麻衣さんは……」

「大丈夫。心臓は動き出してくれた」お父さんが教えてくれた。その目は真っ赤だった。

ホッと息をつこうとしたとき、お母さんが続けて言った。

「ずっと眠ったままかもしれない」

眠ったまま？　どういうこと……？　詳しく説明してください、そう言おうと思ったとき、眠っていた麻衣が、突然痙攣《けいれん》を起こした。体がベッドから跳ね上がるほどで、意識がないのにどこにこんな力があるのだろうと思うほどの勢いだった。

「麻衣！　麻衣！　しっかりして！　大丈夫よ、大丈夫だからね」

お母さんが叫ぶ声を背中に聞いて、俺は病室を駆け出した。

「お願いします！　誰か来てください！」

すぐに看護師が、続けて坂田《さかた》という名札をつけた医師が駆けつけてきた。

麻衣の体はまだ激しく痙攣している。そのあまりの激しさに麻衣が苦しんでいるように思えて、見ていることすら苦しくなった。

慌ただしく医師たちが処置を始めた。

お願いです、神様。麻衣を連れていかないでください。

麻衣を助けてくれるなら、俺は自分の魂だろうが、命だろうが、何を差し出してもかまわないから——。

麻衣の心臓が止まっていたのは、実際のところ三分程度だったらしい。でも、なんとか持ちこたえたといっても、そのダメージは計り知れない。

麻衣がどうなってしまうのか、このときは誰にもわからなかった。

§

二〇〇七年三月——

季節はいつの間にか春が近づいていた。

麻衣が入院して、一カ月と少し経った。

早起きするのもすっかり習慣になって、太陽が昇る前の夜から朝に変わる静かな時間に家を出ることが少しも苦ではなくなっていた。

木々が芽吹き始める季節とはいえ、早朝の空気は冷たく肌を刺す。あたりには人けもない。

近所迷惑にならないように、静かにエンジンをかけ、バイクにまたがる。ゆっくりと走り出して、国道に出ると一気に加速する。やがて太陽が昇り、街が目覚めていく。街中に向かうにつれ、周囲に通勤の車が増えていき、中心地に近づくと渋滞にぶつかるのだけれど、バイクならノロノロ運転の車のわきをすり抜けていける。バイク通勤に変えたのは、道路事情に関係なく動けるからだ。

市電の通る京橋を抜けると、やがて病院が見えてきた。

朝一番の受付をするために早くもロビーには患者やその家族が数多く来ている。その間を抜けて、入院病棟へ向かう。廊下を進むと消毒液の匂い。ピッピッと聞こえてくる電子音。そんな病院の音や匂いも日常になった。

入院病棟へ入っていくと、歩くことのできる患者さんたちが洗面や朝の体操のために廊下にいるのに出くわす。顔見知りになったおばさんもいて、「おはよう。元気そうね」と声をかけてくれた。俺も「おはようございます。顔色いいですね」と返す。このおばさんも早くよくなって退院できるといいな。

入院患者の朝の面会時間は、通常朝八時から三十分なのだけれど、長く入院している麻衣を見舞う家族だけは一時間という特例を認めてもらっていた。

麻衣の病室のドアをそっと開ける。真っ先に目をやるのはベッドの上の麻衣だ。

そう――、麻衣はあれから一度も目を覚まさない。

心肺停止状態に陥った後からは人工呼吸器につながれている。心臓は動いていても、意識はなく、自分の力で呼吸ができなくなっていた。

あんなに食べることが大好きだった麻衣が、今は生きるために点滴に頼るしかなかった。点滴の他、静脈麻酔や薬をいつでも注入できるようにしておくため、多いときには八本ものチューブにつながれていた。

そして、顔は薬の副作用なのか、寝たきりのせいなのか、すっかりむくんでいる。以前の麻衣しか知らない人が見てもわからないくらい、その顔は変わってしまった。それから不随意運動といって、自分の意思とは関係なく体が動いてしまう状態が続いている。今もタオルを握らせた腕がゆっくり動いている。

ベッドサイドのテーブルには、小さなひな飾り。せめてもとお母さんが飾ったもの。

そっと入ってきたつもりだったけれど、ソファで座ったまま眠っていたお母さんが目を覚まし、かすれた声でおはようと言った。

「おはようございます……また泊まっちゃったんですか？」

「うん……なんか夜中にね、麻衣が起きるような気がしちゃって。母親の勘、全然当たらないけど」

気持ちは痛いほどわかる。

「毎朝、毎朝、ありがとうね……でも仕事、大丈夫？　アパートからここまで、二時間だっけ？」

「ええ、まあ。あ、でも、バイクで走ってるの全然苦にならないです」

それはうそでも謙遜でもなく、本当のことだから。

お母さんは小さく笑って、窓辺に置いた冬服の人形を手にすると、冬ももう終わりだね、起きないね、麻衣とつぶやいた。そして、一度帰宅する、と病室を出ていった。その後ろ姿には疲れがにじんでいた。

病室には今二人だけ。どこかの病室に見舞いに訪れた子どもなのか、にぎやかな声が窓の外から聞こえてくる。無性に麻衣の笑い声が懐かしくなった。

ふと思いついて、俺は携帯電話を取り出した。二つ折りの携帯を開き、動画モードにし、カメラを自分のほうに向け、話し出す。

「えー、麻衣が眠って三十四日目の朝です。麻衣はまだ起きません。みんな待ってるから、早く起きてね」

目が覚めたとき、眠っている間にどんなことがあったのか記録しておいて、あとで見て一緒に笑い合いたい。麻衣があとで取り残されたような気持ちにならないように、大事なこともちゃんと記録していこう。

その後はいつもの日課。麻衣の手足にクリームを塗ってゆっくりとマッサージをする。意識のない麻衣は時折痙攣を起こしたり、不随意運動で無意識に手足を動かす以外に運動はできない。そうなると人間の体は簡単に硬直してしまうそうだ。だからマッサージをして、少しでも筋肉をほぐさなくちゃいけない。

マッサージの間はずっと話しかけていた。一緒に行った場所、共通の友達のこと、仕事のこと、最近流行っているテレビドラマのこと、ヒットしている音楽。思いつく限りなんでも。

ときにはCDプレイヤーのイヤホンを麻衣の耳に差し込んで、麻衣が好きな音楽をかけた。麻衣にどれくらい届いているかはわからないけれど、意識のない病人に語りかけたり、音楽を聴かせていたら、本人の脳にちゃんと届いていて回復したときに覚えていたという話をテレビで見たことがあったから。

日課となったそういった一連のことをしていると、もう仕事に行く時間になった。

「じゃあ、麻衣、また来るよ。行ってきます」

　麻衣。君は今、どんな夢を見ているの？


　その日、昼食を一緒にと柴田社長に誘われ、会社の近くの定食屋に行った。ここはボリュームがあって安くてうまい。いつも男性客ばかりでにぎわっている。それに、おかずの皿や小鉢を好きに選べるのも、人気の理由のひとつだと思う。

　社長と一緒に列に並んでメニューを選びながら話をした。

「変わらないのか？　彼女」

　ぶっきらぼうだけれど、社長はずっと心配してくれていた。

　麻衣が心肺停止状態に陥ったとき、一緒にいてやれなかったことを悔やんだ。麻衣が一番苦しいときにそばにいないなんて、夫になる男としてはどうなんだとまで思い詰め、麻衣が目覚めるまで休職したいと社長に申し出た。もし認められないのなら、退職することも考えていた。

　そのとき、社長は「落ち着け」と俺の肩をたたいた。「麻衣ちゃんが元気になったとき、おまえが無職でどうすんだよ」と笑って、通常八時半からの仕事を一時間遅刻して出社することを認めてくれたことは本当にありがたかった。

麻衣の病名はつい最近ようやくわかった。社長になら話しても、きっと麻衣は怒らないだろう。

「卵巣に腫瘍《しゅよう》ができたのが原因で、抗体っていうのがつくられて。……麻衣の場合、間違えてその抗体が健康な脳を襲っちゃったらしいんです」

抗NMDA受容体脳炎という病気。卵巣などに腫瘍ができて、それを攻撃するための抗体がつくられるらしく、その抗体が誤って脳を攻撃したことで異常が起きるという自己免疫性の疾患。

幻覚が見えたり、異様な力で我を忘れて暴れるというのも、脳の異常からくるものだった。

この病気は、三百万人に一人が発症するだけという極めて珍しい病気で、おまけに最近詳しい仕組みがわかったばかり。

普段宝くじも全く当たらないと笑っていたほどくじ運の悪かった麻衣が、よりによってどうしてそんなにレアな確率の病気にならなきゃいけないんだ。

そんな説明を社長は黙って聞いてくれた。セルフサービスの水をグラスに注いでトレーに載せてくれる。

「……車と一緒にしちゃいけないのはわかってるけど、入社のときの面接……おまえ、覚えてるか？」

社長は、俺の入社試験のときのことを話し始めた。

「おまえ、修理が好きなんだって言ってたよな。で、俺が聞いたんだ。どんなこと考えながら直すんだって。おまえ言ったよ。照れくさそうに……愛ですね。あきらめずに愛してやれば、必ず直ります、一番大事なのは絶対に直るって信じることですって……。急に熱弁して……ヘンなヤツだなと思ったなぁ」

面接のときのことは緊張していたことしか覚えていない。でも、社長はそんな自分を採用してくれた。そして、それは正解だったと言ってくれた。

ヘンなヤツだけど、同時にこいつは信じられるとも思ってくれたらしい。クセのあるクラシック車が持ち込まれることの多い太陽モータースでは、故障個所を見て簡単に無理だとあきらめていたら商売にならない。お客さんは太陽モータースを信じて大切な愛車を預けてくれるわけだから。

「実際おまえを採用してみたら、思ったとおりだったよ。仕事も決して速いとはいえないし、こなす量も多くはないけどな」

そう言われると苦笑するしかないけれど、おまえの手にかかると、車は確実に息を吹き返し、前以上に調子がよくなる、そう言われると素直にうれしかった。

照れ屋で涙もろい社長は「ほら、食えよ」とぶっきらぼうに促す。その気持ちがとてもありがたい。

「あ、社長、ちょっといいですか?」

携帯電話を取り出し、動画モードにして社長に向けた。

「動画、麻衣の携帯に送っとくんです。目が覚めたら笑えるかなと思って……社長、なんかVサインでもしてください」

「え~、こうか?」

社長ははにかみながらもVサインをしてくれた。

「いいですね」

「ちゃんとかわいく撮れてるか?」

「いいえ、かわいくはないです」

「なんだよおまえは。早く食えよ」

今の社長の言葉も、今食べているトンカツの味も、湯気を立てている味噌汁の塩辛さも全部、麻衣が起きたら話して聞かせよう。

結婚式を行う予定だった三月十七日が近づいてきても、麻衣は目を覚ます気配はなかった。

結婚式場へは一人で足を運んだ。

担当の島尾さんとは招待状や衣装のことで何度か電話でやりとりをしていたのだけれど、直接話すのが礼儀だと思った。

「あんなに元気でいらしたのに。ご心配ですね」

心から言ってくれているのが伝わってくる。

相談コーナーでは、各ブースにテーブルセットが並んでいて、それぞれに幸せそうなカップルが席についていた。少し前までは、俺たちもそんなカップルのひとつだったはずなのに、今は一人でここにいる。

片隅のテーブルに案内された。

「せっかく予約入れてもらったのにすみません」

「わかりました。では、キャンセルとさせていただきますね」

「あ、いえ、違うんです。キャンセルはしたくないんです」

島尾さんは驚いて、困ったように首を傾げた。

「もちろんお金は払います。キャンセルはいやなんです。約束がなくなってしまうみたいで」

島尾さんは俺の真意を探るように真剣な表情でこちらを見ている。

「それにその日までに目が覚めるかもしれないから。ガッカリすると思うんです、麻衣。知らない間にキャンセルされてたら、……ここで結婚式するの、本当に楽しみにしてたんで」

「はい、わかりますが、でも……現実には」

島尾さんは心底困惑した顔をしている。会社としての方針もあるだろう。隣のブースのウエディングプランナーが心配そうにこちらを見ている。

「その日に間に合わなかったら、来年の同じ日を予約します。お願いします」

頭を下げた。自分でも無茶なことを言っているのはわかっている。それでも、麻衣のために三月十七日という日を特別な一日としてとっておきたかった。プロポーズした日、ここで結婚式を見て、涙ぐむほど感激していた麻衣の横顔が忘れられなかった。

島尾さんは困ったような表情を浮かべ、「お飲み物をお持ちしますね」と立ち上がった。

「あの、やっぱり、そういうの、難しいですか？」

「……前例がなくてですね」

島尾さんを困らせるつもりはなかった。ただ、麻衣を失望させることだけは、したくなかった。

祝福に包まれていたはずの三月十七日は過ぎていった。招待状を出す前だったから、親戚も友人も知らないまま。

その日、ドアが開いたままの病室に入っていくと、たまたま休みだった麻衣のお父さんがじっと壁のカレンダーを見つめていた。その横顔があまりに寂しそうで声をかけられず、そっと病室を出た。

「こんにちは。今日、いい天気ですね」

わざとらしいとは思ったけれど、あえて足音を立てて病室に入り直した。お父さんは「お、そうだね。うちの梅もきれいに咲いてるんだよ。ここでも咲いてるよ、ほら」と外に目を向けた。涙をぬぐっているのはわかったけれど、気づかないふりをした。

二人で並んで窓の外を見る。真っ青な空に浮かぶ雲。植え込みの端に一本だけ植わっている梅の木にピンク色の花がついているのが見えた。

「ここは桜も見えるかもしれないね」

「あ、そうですね。あそこに見えるの、あれ、桜の木ですよね」

他愛のない話をしながら、俺もお父さんも結婚式のことには触れなかった。あとから顔を出した麻衣のお母さんも同じだった。

麻衣は変わらず眠り続けている。お母さんが額にかかった髪をそっと直した。

大丈夫ですよ。きっと来年の今日、麻衣はウエディングドレスを着てお二人に長い間お世話になりましたっていう定番の挨拶をしているはずです。

心の中で二人にそう語りかけた。誰よりも俺がそう信じたかったから。

§

それからも病院通いは続いた。夜明け前に家を出て二時間かけて病院に行くことも、つらくないと言えばうそになるけど、日課になった。麻衣に会うため、目覚めるまでのことだと思えば、続けられる。

この日は朝からバイクのエンジン音がおかしかった。なんとか病院までもってくれればいいと思っていたのだけれど、ついにせき込むような不穏な音を立てて止まってしまった。

仕方なくバイクを降り、路肩まで押していく。

「ちょっと酷使してるよな、ごめんな……でも、頼むよ」

愛車に話しかけた。毎日こんなにもがんばってくれているバイクはもはや相棒みたいな存在だった。簡単な修理道具はいつも持ち歩いている。息切れした相棒の修理をその場で始めた。

君のおかげで麻衣に会いにいける。もう少しがんばってくれ。頼むよ。

ふと思い立って、携帯電話を取り出すと、動画モードにして自分に向けた。笑顔をつくる。

「ただいま修理中でーす」ことさらに明るく口にした。

＊　＊　＊

麻衣が倒れて、家は火が消えたようになった。私たちにとって、麻衣という娘がどれほど大切なものだったのかを思い知らされる毎日。

夫は大学を卒業してすぐに市役所に入った。気持ちが優しい人だから、どんな人にも丁寧に接する。今は戸籍課の管理職となって奥のデスクに席があるのに、困った相談事があると市民の方からご指名がかかる。そのたびいやな顔ひとつせずに応対していると、同じ課の方から聞いたことがある。

昨日は市役所近くで食堂を営む方が住民票を取りにきたそうだ。

「娘さん、どう？　きっとよくなるわよ。はい、これ、病気治癒で有名な神社でもらってきたの」

そう言って白い袋に入ったお守りを夫の手に握らせてくれた。そんな話を帰ってきて、珍しく笑顔で話してくれた。袋から出してみると、それは安産祈願のお守りだった。どうやら老眼のせいで間違えてしまったらしい。

久しぶりに夫婦で笑った。気持ちがうれしくて、ありがたくいただいた。今の麻衣に安産祈願が必要になる未来は想像できなかったけれど、夢見るくらい許されるはず。

麻衣はずっと眠ったまま。もう半年以上になる。今日目覚めるか、明日起きるかと私か夫のどちらかが病院に行かない日はなかった。それはもう若いとはいえない私たちにとって、想像以上にきつかった。

家に帰っても、以前のようにたくさんおかずを並べることはしなくなってしまった。体調のいいときには病室に泊まり込む。食事はそれぞれ一人で、外ですませることも多くなっていた。たまに食卓を囲んでも、変わらない麻衣の病状確認の他は、話もはずまない。麻衣が家にいた頃のうるさいくらいだったおしゃべりが無性に懐かしかった。麻衣が家にいなくなって、あの子は太陽のような存在だったと痛感するばかり。

最近掃除をする時間も気力もなくて、すっかり埃《ほこり》っぽくなってしまった家中に掃除機をかけ、洗濯機を回した。夫に申し訳ないとは思いながらも、どうしても家事はおろそかになってしまう。部屋の片隅に綿埃が舞うようになると、やっと掃除機を引っ張り出すというありさま。

それから色紙でつくった花を箱に詰めた。前から近所の主婦仲間に誘われて色紙を使ってさまざまな花や動物などをつくるのを趣味にしていた。このところ教室に習いにいく暇はなくなったけれど、病院に行っても麻衣の世話はあっという間に終わってしまう。それでも家にいるよりそばにいてやりたい。眠り続ける娘にしてやれることはほとんどないから、その長い時間、気が向けばこの色紙の花づくりをするようになっていた。自宅に戻ってきても、夫が仕事で遅くなるときなど、不安な気持ちを鎮めるのにも役立っていた。

今日はきれいにできた花をいくつか選んで箱に詰めてみた。麻衣の枕元に置き、以前褒めてくれた担当の看護師さんにもプレゼントしよう。

色紙の花を見ていたら、花嫁のブーケが頭に浮かんでしまった。麻衣のブーケは花屋を営む親友に頼むことになっていた。麻衣に気が早いと笑われながら、そのデザインを考え始めていた矢先に麻衣が倒れた。

どうしてもっと早く気づいてやれなかったんだろう。

麻衣がまだ湯も張っていない風呂場に立ちすくんで、「お母さん、私の包丁どこだったかな」と言ったとき、冗談だと取り合わなかった。何かをするためにその場に行ったのに、自分が何をしにきたのか忘れてしまうことはよくある。休職している先輩の抜けた穴を埋めるためいつもより何時間も早く出勤し、夜も遅くまで残業していた。疲れがたまっているだけだと思っていた。

さすがに記憶障害が目立つようになって精神科に連れていった。最初は統合失調症と診断された。大仰《おおぎょう》な病名にも、疲れているだけ、少し休めば治る、そう思っていた矢先に幻覚や妄想がひどくなって、尚志君が病院に担ぎ込むことになった。

もし、もっと早く病院へ連れていっていれば。精神科ではなく、身体的な病気を疑って総合診療ができる病院へ連れていっていれば――。

この病気が、ひょっとして遺伝だったとしたら。

母として娘を守り切れなかったことを悔やんでも悔やみ切れなかった。誰かに責められたわけではないけれど、誰にも責められないからこそ、私は自分で自分が許せなかった。

病気になってしまったことはもう取り返しがつかない。でも、だからこそ、なんとしても必ず元の体に戻してやりたい。ウエディングドレスを着せてやりたい。

今の麻衣は、前の麻衣とは全く違う。変わり果てるという言葉を自分の娘に使いたくはないけれど、笑顔もなく、薬の副作用でパンパンにふくらんでしまった顔は、愛らしかった以前の麻衣とは別人のよう。

こんなにも変わってしまったのに、尚志君は毎日、一日も欠かさず二時間もかけて見舞ってくれる。本当にありがたいことだと思う。そして、申し訳ないとも思う。

尚志君がはにかんだ笑顔を浮かべて初めて家にやってきたとき、正直少し頼りないなと感じた。優しさはイコール強さではないことがあるから。

だから——麻衣がこんなことになって、見舞いがいつまで続くだろうと思った。婚約したとはいえ、まだ結婚式を挙げたわけでもなければ、入籍もしていない。尚志君にはなんの責任もない。毎日の見舞いが、三日に一ぺんになり、一週間に一ぺんになり、やがて途絶えたとしても、決して責めたりしないと夫と話していた。

それなのに尚志君は少しも変わらなかった。いくら若いといっても、あんなに遠くから雨の日も風の日もバイクに乗って通い、夜も遅くまで仕事をし、ときには休日返上で働いてもいるらしい。

親としては娘が目を覚まし、健康な体を取り戻すことを信じている。でも、医師たちは「はっきりしたことは言えません」の一点張りで、治るともいつ目を覚ますとも言ってくれない。場合によっては、このまま……そういう可能性だってあることは感情とは別に理性でわかっている。どんな形であれ、生きてさえくれればいいと思っている。

それは親だから。おなかを痛めて産んだ娘であって、二十三年間大切に育ててきた娘だから。

でも、麻衣と尚志君のつき合いはまだ一年。なのに——。

どうしてそんなことができるの？　麻衣をそこまで愛してくれているから？

それとも義務感からなの？

何度聞こうと思ったことか。でも、できなかった。質問されて、一瞬でも答えに詰まる尚志君を見たくない。それでは麻衣があまりにかわいそうだから。

＊　＊　＊

淡々と時間は過ぎていった。麻衣が入院してからもう一年近くになる。

いつも眠っているように見える麻衣だけれど、不随意反応で腕はパタンパタンと動いている。だからこそ確かに生きていると思えるものの、いつも安心して見ていられるわけじゃなかった。

今朝、いつものように病室へ向かうと、不随意運動が激しくなって、それが痙攣になった。すぐにナースコールを押し、麻衣の体を押さえつける。いくら意識がないと言われても、麻衣が苦しんでいるように思えて見ていられなかった。放っておけば、振動と高熱で脳にもダメージを与えてしまうらしい。そのためにはすぐに痙攣を抑えるための薬を投与しないといけなかった。でも、それは効果があるだけにかなり強いもののようで、そんな薬を何度も麻衣の体に入れ続けたら、どんな悪影響があるかはわからない。自然に痙攣が収まってくれたら、それに越したことはない。

「麻衣、大丈夫⁉　麻衣！」

呼びかける声は届かず、どんなに押さえつけてもこちらの体を跳ね上げるほど痙攣は激しいものだった。

看護師が駆けつけてきて、すぐに手際よく処置を始めた。

俺は息を切らしてその様子を見つめていた。

間もなく痙攣は収まり、麻衣はまた静かに眠り続ける。

もう何度繰り返したかわからない、苦しくて、そして悲しい発作の光景が今日もまた目の前で繰り広げられた。

§

すぐそばにいるのに、麻衣と話せないことにもいつしか慣れてしまった。もちろん一日も欠かさず病院へ通い続けている。続けていることをやめてしまったら、何かよくないことが起きるような気持ちがいつもあった。

年末年始も実家に帰らなかった。本当なら一緒に紅白を見るはずだった大晦日《おおみそか》に、麻衣を一人にしておきたくなかったから。

静まり返った病室に特別に入れてもらえた夜、遠くから聞こえてくる除夜の鐘を麻衣と二人だけで聞いた。

麻衣の顔を見ていたら、涙が出てきた。

「あれ？　俺、何泣いてんだろ。おかしいよね。ハハ」

麻衣の答えは返ってこない。

「麻衣……明けましておめでとう」

そっとおでこにキスをした。

二〇〇八年はいいことがあるといい。心からそう願った。


麻衣の両親に呼ばれたのは、それからしばらく経ったある夜のことだった。俺は工場から病院へ向かった。

二人が俺を待っていた。麻衣のお父さんも仕事の帰りらしくスーツ姿。

なんだかいつもと様子が違うというのは、すぐにわかった。二人ともほとんど口をきかない。麻衣のお母さんは乱れてもいない麻衣の布団を直したり、色紙を広げたりしている。

やっとお父さんが「麻衣のことなんだけど」と話を切り出した。麻衣の新しい治療法を医師から提案されたというので、ようやく新しい希望が見えたのかと俺は期待した。そしてそれは、卵巣の摘出ということだった。

「卵巣摘出……って、手術のことですよね」

「うん……」お父さんがうなずいた。

麻衣の主治医の和田《わだ》先生が考えたのは、意識を回復させる方法として、卵巣を摘出することだった。卵巣にできた腫瘍が原因でできた抗体が脳を攻撃しているのだから、その大本《おおもと》である卵巣そのものを摘出することで改善を図るということらしい。ただし、だからといって麻衣のこの状態が回復する保証があるわけではないという話だった。

二人ともいつも以上に疲れ切って見えた。この一年半の月日は、あんなに明るかった二人から笑顔を消していた。俺は二人をなんとか励ましたくて言った。

「大丈夫です、きっとうまくいきます」

自分自身、そう信じていたから口にしたことだったのだけれど、お母さんは、一瞬の沈黙の後、いつになく厳しい声で言った。

「家族じゃないから、そんなこと言えるのよ」

こっちを見ようとはしなかった。その手は色紙で鶴を折っている。いつものような優しい手つきではなかった。

俺は何も言えなかった。お父さんはたしなめるような視線でお母さんを見たけれど、言葉はなかった。

お母さんは続けた。

「だってそうでしょ。どうして大丈夫だなんて言えるの？」

お母さんが俺に目を向ける。なんて悲しい目をしているのだろう。

「全然大丈夫なんかじゃない。うまくいく保証なんてどこにもないのよ」

お母さんは麻衣に目をやった。

「適当なこと言わないで」そう言うとまた鶴を折り始める。

そんなつもりで言ったんじゃないです——でも、口に出せない。

「……やめよう」

長い沈黙の後、ようやくお父さんが言った。誰をたしなめるでもなく、言い訳するでもなく、ただ麻衣に聞かせたくないからこの場を収めた、そんな控えめな言い方だった。

「すみません……」

俺は頭を下げた。確かに無責任なことを言ってしまった。

すると、お母さんがつらそうにこっちを見た。そしてうつむくと、ため息をついた。

「ごめんなさいね。言いすぎた」

「いえ……」

皆つらいんだ。今はここにいないほうがいい。

俺は麻衣を見つめ、心の中で謝った。

ごめんね。お父さんとお母さんにいやな思いをさせるつもりはなかったんだ。本当に麻衣がよくなるって信じたい。ただそれだけだった……。

俺は二人に頭を下げると、病室を出た。


誰もいないアパートに帰るのがいやで、目的もなくバイクを走らせ、家に帰り着いたのは、夜中の0時を回った頃だった。お母さんに言われたことが思った以上に心に重くのしかかっている。

そういえば、今夜はまだ夕飯を食べていなかった。

何か食べなくてはと冷蔵庫を開けると、しなびかけた野菜とツナ缶と賞味期限を数日過ぎたパスタが出てきた。麻衣がやっていた手順を思い出し、湯を沸かし、パスタをゆで、炒めた野菜とツナに適当に塩こしょうしてつくったソースをかける。

でき上がったのは、ゆですぎたパスタに塩辛すぎるソースの、お世辞にもうまいとはいえないしろものだった。なんだか情けなくてかえって笑いが込み上げてくる。このパスタのこともきっと麻衣なら笑ってくれるだろうなと、動画を回した。

翌朝は明け方から急に空模様が怪しくなり、突然降り始めた雨はやがて土砂降りになった。家を出たときに、すでに雲行きが怪しかったのだけれど、病院に行かないという考えは欠片《かけら》も浮かばなかった。

ウィンドブレーカーを着てはいたものの、すぐにずぶ濡れになった。雨は襟元や袖口から容赦なく体を濡らす。

乾いたタオルを持って病室へ行った。

「まいった。降られちゃったよ」

麻衣にそう話しかける。

こんな日にバイクなんて無茶だよ。麻衣がそう言っているような気がする。

「今日は手が冷たいからちょっと待ってて」

両手をこすり合わせ、やっとあったまったところで、麻衣の手足のマッサージを始めた。

床に転々と水たまりをつくってしまい、タオルで拭き取った。

これじゃかえって迷惑になるかもしれない。いつもより少し早く病室をあとにすることにした。

「じゃあね、麻衣。行ってくるよ。風邪ひくなよ」

自分のほうがよっぽど危ないか。麻衣に風邪をうつすわけにはいかない。会社に行けば着替えがある。どうせまた濡れるわけだしと、そのまま外に出た。

＊　＊　＊

車から一歩降りた途端、たたきつけるような雨に打たれた。出かけるときには降っていなかったから、うっかり傘を忘れたことで慌てて屋根のある通路に駆け込み、空を見上げる。

朝日の見えない空はなんて寂しいのかしら。こんなにひどい雨が続けば、洗濯物が乾かなくなる。こんな日は折り紙も湿気を吸ってしまう。

私はなるべく尚志君のことを考えないように、日常のこまごまとした用のことばかり思い出そうとしていた。

その向こうからバイクが来た。尚志君だった。夕べあんなにひどい言葉をぶつけてしまったというのに……。しかもこの天気。今日はまさか来ないと思っていた。尚志君は、私に気づいたようでバイクを停めた。ゴーグルを少し上げて笑顔を見せると、走り去った。

私はその後ろ姿にただ頭を下げた。

病室に行くと、いつものように麻衣の手足にはクリームが塗られ、血色がよくなっていた。欠かさずに日課を果たしてくれたのか。

彼の思いは本物なのだろう。私たちもそろそろ決断しなければ。

私は空を見た。尚志君が会社に着くまでに雨が上がるといい。そして、どうか彼が風邪などひいたりしませんように。

＊　＊　＊

数日後、仕事の帰りに中原家に招かれた。麻衣のお母さんから電話をもらったときは、てっきり病室で会おうと言うのかと思ったのに違った。

ここへ来るのは久しぶり。チャイムを鳴らすと、少し硬い表情のお母さんが出迎えてくれた。こんなときに手土産は必要なのかどうか迷ったのだけれど、手ぶらで

行くのも気が引けて、途中で菓子折りを買った。紙袋を差し出すと、お母さんは
「そんな気を使わなくていいのに」と小声で言った。

「今天ぷら揚げてるとこなの、入って」

そそくさと行ってしまった。

リビングのソファで座って待っていると、麻衣のお父さんが帰ってきた。

「悪いね、来てもらって」

「いえ、久しぶりですし、ここに来るのも」

何か話があるのだろうなということは薄々わかっていた。

「まあ、とにかく飯にしよう」

それから、三人で夕食の食卓を囲んだ。麻衣と同じように、お母さんの手料理も
本当においしい。でも、以前と違って会話は一向にはずまなかった。

食後のお茶が出された後、お父さんがおもむろに切り出した。

「初美とも話してたんだけどね」

お母さんは黙ってうつむいている。

「なんでしょうか……」

「……もう君は……いいと思うんだ」

どういう意味なのか、わからなかった。いや、わかりたくなかったのかもしれない。

「いいって……?」

「……尚志君を見てるのがつらいのよ」

しぼり出すようにお母さんが言った。

つらい?　麻衣の手術が大丈夫などと安易に言ってしまったことで、そんなにも傷つけてしまったのだろうか。

黙っていると、お父さんが続けた。

「もう麻衣のことは忘れてもらっていいんだよ」

え――。

最初は意味がわからなかった。だけど、だんだん二人が言いたいことがしみ込むように理解できた。

麻衣を忘れていい、それは結婚のことはなかったことにして、眠ったままの麻衣と別れてほしいということなのだろう。二人は俺のことを心配してくれている。

「あの、約束したんです……麻衣さんと結婚するって。あの、僕、大丈夫なんで。なんで、もう少しだけ麻衣さんのそばに、いさせてください」

うまく言えない。でも、言わなきゃダメだ。

俺の目を見つめて、お父さんはピシャリと言った。

「ダメだ……君は家族じゃない」

家族じゃない。その言葉を口にされると、俺に麻衣を愛する権利はないというように聞こえてしまう。

きっと俺の気持ちが伝わったのだろう。お母さんはうつむいたままだったけれど、優しい声で言った。

「麻衣は本当にいい人とめぐり合ったと思ってる。あなたみたいな人が家族になってくれたらうれしい。でもね、おかしくなっていくのは私たちだけでいいと思う。尚志君の人生まで壊したくない。だから、麻衣のことはもう忘れてください」

そして、お母さんは頭を下げた。お父さんがさらに深く頭を下げる。

麻衣の大切なお父さんとお母さんにここまで言われて、俺はなんと返せばいいいんだろう。

家族じゃない――。

その言葉は、じわじわとボディブローのようにきいてくる。

帰り道、俺はどこをどう走ってアパートにたどり着いたのか覚えていなかった。

麻衣の両親は、麻衣と同じようにまっすぐな人たちだ。自分のことを考えてくれているのもよくわかる。もしかして自分が毎日病室に顔を出すことで、あの人たちに負担に感じさせてしまっていたのかもしれない。麻衣と過ごした日々は両親には敵《かな》わない。俺には、どうすることもできないのか……。

こんなとき、麻衣だったらどうする？

考えても考えても答えは出ない。

結局、朝まで眠れなかった。


いつもと同じ時間に布団から出る。そして、いつもと同じようにバイクで出発した。朝の太陽が目にしみる。どこかボーッとしていたのだろう。なんてことはない、いつものコーナーが回れず、俺は横転してしまった。

地面に転がったままヘルメットをはずす。早朝の道路には車も人もいない。世界でただ一人、自分だけが生き残ってしまう、そんなSF映画の中にいるみたいだ。
それでも朝の空はきれいだった。流れていく雲が俺を笑っているように思える。
どうしてこうなってしまったんだろう。何が悪かったんだろう。誰がいけなかったんだろう。神様はどうして麻衣をこんな目に遭わせるんだよ。
なんで――。何もかもが悔しくて、涙があふれた。地面をたたいた。何度も何度もたたいた。
麻衣――。
麻衣――――。

麻衣が倒れてから初めて病院へ行かなかった。まっすぐ職場へ向かい、いつもの場所にバイクを停めた。事務所の中から柴田社長が不思議そうな顔をして見ている。会釈をしてロッカールームへ向かった。

喫煙所を通りかかるときには、朝の一服をしていた室田先輩が目を丸くした。

「どうしたんだよ、いいのか？　今日は病院」

今は誰かに何かを説明できる気分じゃない。ただ、あえて明るく答えた。

「はい。今日は大丈夫なんです」

室田先輩はまだ何か言いたそうだったけれど、気づかないふりをしてそのまま持ち場についた。

他の人たちに、いつもと同じように見えていたらいい。

でも、それよりも気になったのは麻衣のこと。今頃、痙攣を起こしていないだろうか。痙攣を始めたときにちゃんと誰かそばにいてくれるだろうか。もしも目が覚めたとしたら、そのときに俺がそばにいないと知ったら、どんな気持ちになるんだろうか。

心の中に渦巻く思いを押し殺して、俺は黙々と仕事をした。

すると、柴田社長から声をかけられた。

「おい、尚志。今日、俺につき合え……納品だ」

修理のすんだ車の納品に社長自ら出かけるのは、つき合いの長い顧客に限られていた。そういう顧客はヴィンテージカーを大切に乗り続けている人たちばかり。

今日納車するのはトヨタ２０００ＧＴ。持ち主はスポーツカーをこよなく愛する小豆島《しょうどしま》のそうめん工場の若社長だとか。

岡山から小豆島へはフェリーを使う。新岡山港から一時間十分で小豆島の土庄港《とのしょうこう》に到着する。

フェリーに乗るのは久しぶりだった。白いフェリーは海を切り裂いて滑るように進んでいく。

瀬戸内海の海はどこまでも青く、海風が心地いい。

そういえば、つき合い始めたばかりの頃、麻衣とこのフェリーに乗って小豆島までドライブに出かけたことがあった。あのときも麻衣は海を見てはしゃいでいた。

他愛のない会話に、大笑いしたのがつい昨日のことのような気がする。

――ダメだ。今日は仕事のことに集中しようと思っていたのに、やっぱり麻衣のことを考えてしまう。

ぼんやりしていたら、目の前に湯気を立てたコーヒーが差し出された。

「あ、すいません」

そう言って受け取る俺から社長は遠くに見えてきた小豆島に目を移すと言った。

「俺たち、車屋にとってはいい場所だぜ」

「どういう意味ですか？」

「潮風で車が壊れやすいんだよ」

「はぁ、なるほど」

社長の話はいつも冗談なのか本気なのかわからない。今も茶目っ気たっぷりといった表情をしている。

熱いコーヒーが寝不足の体と心にしみた。社長が心配そうに俺を見ているのはわかったけれど、今は何も言葉にできなかった。


瀬戸内海に浮かぶ香川県の小豆島は、映画『二十四の瞳』の舞台となったことやオリーブの産地としてよく知られている。

岡山市内の喧騒《けんそう》からほんの一時間と少し離れただけなのに、豊かな自然と穏やかな海に囲まれ、島の風に吹かれた途端、何か目に見えないものに慰められるような気がした。

信号もない海沿いの長い一本道を社長の運転で駆け抜ける。ライオンのうなり声にも似たエンジン音はわずかな曇りもなく快調だ。メンテナンスが完璧なのがよくわかる。

「ヒュ〜、気持ちいい！　な！」

髪をなびかせた、自称チョイ悪オヤジの社長は、仕事だということを忘れているんじゃないかと思えるほど、楽しげに車を飛ばした。ハンドルさばきを見ていると、若い頃は暴走族の頭だったという噂もあながちうそではなさそうだ。

気がつくと、俺もいつの間にかこの短いドライブを楽しんでいた。

車は海沿いから、石を切り出した山沿いの道へと入っていく。

少し高台になったところに、鹿島素麺《かしまそうめん》はあった。住居を兼ねたそうめん工場はさほど大きくはないものの、四代続く老舗。現在の社長は、東京の大学を卒業後、そのまま食品会社に勤務していたらしいけれど、父親が倒れて、急きょ呼び戻されたと聞いている。ダンディーな社長の鹿島さんは、柴田社長とは気が合うらしい。

その鹿島さんが、事務所の奥からエンジン音を聞きつけて飛び出してきた。

俺たちを見ると、たちまち少年のような満面の笑みを浮かべる。

「おー！　わざわざ悪かったねぇ。カノジョ、元気になったか？」

愛車を恋人にたとえるのは車好きの男によくあることなのに、麻衣のことを聞かれたような気がして、一瞬挨拶の言葉が遅れた。鹿島さんがこちらの事情など知るわけないのに。

仕事を放り出してさっそく愛車に乗った鹿島さんは、確かめるようにエンジンキーを回すと、ゆっくりと近くの道を走り出した。助手席には柴田社長が乗っている。

何がおかしいのか二人が大声で笑う声が風に乗って聞こえてくる。

俺は鹿島さんの試乗が終わるまで、職人さんたちの仕事を見学させてもらうことにした。

熟成させたそうめんをハタと呼ばれる乾燥させるための物干しのような道具にかけ、箸分けといってめん同士がくっつかないように長い箸を手早く動かし分けていく作業。シャッシャッという音が小気味よくリズミカルに響いていく。

「兄ちゃんは車屋さんかい」と初老の職人さんが話しかけてきた。

「はい。今日は修理の終わった車のお届けに」

「若社長の道楽か」

東京帰りの若社長が島でスポーツカーを乗り回すことを快く思っていないのかと思ったら違った。

「一度乗っけてもらったことがあるが、ありゃすげえな。最初は、屋根がないからたまげたけどな。風を切って走るってのは、ああいうのを言うんだろうなぁ」

「はい。オープンカーは風と一体になれる感じがありますからね」

車好きが増えてくれるのはうれしい。

「そうめん、きれいですね」

太陽の光を受けて輝くそうめんは、白いカーテンのようでまぶしかった。

「最近じゃあ、時間の短縮とかで、工場ん中だけで乾燥させるとこも多いけどな、やっぱお天道様の力を借りると、照りがええ。なんたって味が違うよ」

「そうなんですか」

「ああ。時間がかかったっていいんだ。それでうまくなるんならな」

「……はい」

なんだか妙にその言葉が胸に響いた。


「いやあ、ええ音や。ありがとう！」

愛車がすっかり若返ったと鹿島さんはご満悦だった。

「いえいえ。また少しでもおかしなところがあったら、いつでも連絡してください」

「うん、唯一の道楽だからね。柴田さんのおかげで、カノジョもいつまでも若々しくいられて助かるよ」

すると、家の中からにぎやかな笑い声とともに、三人の子どもたちが飛び出してきた。

「ちょっと、待って！　ほら、走ったら転ぶよ」

あとから出てきた奥さんはたくさんの荷物を抱えている。俺たちを見ると、「ごめんなさい、おかまいもできなくて。

中におばあちゃんいますから、よかったらお茶飲んでいってくださいね」とすまなそうに言った。

「あれ、もう時間か」鹿島さんが時計を見ながら、奥さんに声をかける。

「なんかあるんですか？」社長が尋ねた。用があるなら、長居は無用だ。

「これから、歌舞伎があるんだ」

「へえ、歌舞伎？」

「歌舞伎って言っても、たいしたもんやないで。島の人間だけでやってるみたいな。あの子らも舞台上がるくらいだから、ま、祭りみたいなもんやな」

「よかったら、一緒にどうですか？」

奥さんが思いついたように、誘ってくれた。そして、小さく会釈をすると「もうっ、先行かんといて」と、子どもたちを追って駆けていった。

「そうだな、せっかくだから行くか」

柴田社長に誘われたら、いやとは言えない。今日は病院へ行かなかった朝から、何もかもが異例尽くしだ。

小豆島の農村歌舞伎は、思ったよりずっと本格的だった。

始まりは今から三百年前に遡《さかのぼ》るとか。江戸時代中期に、お伊勢参りに出かけた島の人たちが、荒天で船が出ず、大阪で歌舞伎見物をしたことがきっかけで上方から持ち込まれたのだそう。

離宮八幡神社の境内にしつらえられた舞台は、間口も広々としていて、花道までつくられた本格的なものだった。境内にはゴザが敷き詰められ、島外から来た観光客も含め、びっくりするほど多くの観客でにぎわっていた。

鹿島さんの子どもたちも本格的な衣装をつけて出演している。なかなかの演技でかわいらしく、相当練習を積んだんだろう。ビデオカメラを向けた鹿島さんはすっかりお父さんの顔になって、盛んに声援を送っていた。

観客たちは弁当を広げ、酒を酌み交わし、皆楽しそうだった。

桜が満開で、時折花びらが客席に舞う。ビールを手にした柴田社長も思いがけない芝居見物と花見とを楽しんでいる。

夕暮れになり、あたりがだんだんと暗くなってくると、まばゆい明かりの中に舞台が幻想的に浮かび上がってきてきれいだった。俺は携帯電話を取り出した。この動画がまじっていたら、きっと麻衣は驚くだろう。

いつものくせでそう考え、携帯を舞台に向けたところでハッとした。

もう家族じゃないと言われたんだった。

それを思い出すと、無性に悲しかった。

でも、こうしている今も、麻衣は病室のベッドの上で眠り続けている。その姿が目に浮かぶ。不随意運動で動いてしまう手は、生きることに必死にしがみつこうとしている麻衣の気持ちのあらわれのようだったのに。

俺はそっと立ち上がった。舞台では主役の役者がすばやい変わり身で衣装が変わるという見せ場があり、観客がワッと沸いていた。そのにぎやかな輪から、逃れるように席を立った。


観客席から離れると、露店が並び、風が色とりどりの提灯《ちょうちん》を揺らしていた。俺は人けのない小道を選んで歩いた。

「……尚志、大丈夫か」

振り向くと、社長が追いかけてきていた。俺の言葉を待っていてくれるのがわかった。

「麻衣のお父さんに、君は家族じゃないって言われちゃったんです」

「そうか」

社長は一瞬悲しげな表情を見せたけれど、深く聞こうとはしなかった。

「でも、一番がんばってるのは麻衣だから、やっぱり俺、麻衣が一番つらいときにそばにいてあげたいんです」

社長は何も言わなかった。それでも、気持ちが十分に伝わっているのはわかった。今日ここに誘ってくれたのも、何かあったのを察して、考える時間をくれたんだと思う。

「俺は飲んでくぞ」社長はぶっきらぼうに言うと、ニカッと笑った。

「社長、ありがとうございました」

深く頭を下げた。社長は早く行けと俺の背中を押した。

俺は走り出した。麻衣の眠る街へ向かって――。

＊　＊　＊

翌朝、いつものように病院へ向かった。

尚志君にぶつけた言葉が自分の心に跳ね返ってきて、息苦しくてたまらなかった。娘の回復を信じていないわけではない。

それでも、心の片隅で、あるかもしれない最悪の事態も考える。それは本当にそうなってしまったとき、自分が傷つかないようにするために本能的にしてしまう心の準備なのかもしれない。

ただ待つだけの日々が予想外に長引いて、将来ある尚志君の貴重な時間と気持ちを縛りつけてしまうことで私も夫も苦しくなってきていた。

尚志君に家族じゃないなんて言ったのは、自分たちが楽になりたかったからなんじゃないか。突き放すようなことを彼に言ったとき、その目の中にわずかでもホッとするような色が見えれば、むしろもっと楽だったに違いない。病院に来るのをやめるきっかけを、私たちが悪者になることで与えてやれれば罪悪感なんて感じずにいられたはずだった。

なのに、尚志君は感情をあらわにすることもなく、いつものように穏やかに、麻衣のそばにいさせてくださいと言ってくれた。彼の目には逃げ出したいなどという気持ちはこれっぽっちも見えなかった。

家から出ていく彼の肩はがっくりと落ちていて、見ていられないほどに、胸が痛むばかりだった。

病室の扉を開けると、真っ先に飛び込んできたのは麻衣のそばに突っ伏して眠っている尚志君の姿。一瞬、恋人同士がしゃべり疲れて眠ってしまっているような、そんな錯覚に陥った。

尚志君が目を覚ました。

「おはようございます……」

いたずらを見つかってしまった子どものような顔で言った。そんな尚志君を見ると、私は尋ねずにはいられなかった。

「……いいの？」

「え？」

「麻衣……ずっとこのままかもしれないのよ。それでもあなたは、私たちと家族になるつもり？」

「はい」その答えに迷いはなかった。

涙があふれそうになるのを必死でこらえた。

「ありがとう……ありがとう……うれしい……うれしい」

あとはもう、泣けて泣けて言葉にならなかった。

＊　＊　＊

夕べ、小豆島から戻ってまっすぐに病院に来た。麻衣に「遅いじゃない」と言われた気がした。「ごめん」と謝り、小豆島でのことを全部語って聞かせていたら、そのうちに眠ってしまった。

夢の中で俺は麻衣と一緒に小豆島の海岸沿いの道をドライブしていた。麻衣の髪が風に舞い上がっている。真夏の太陽に麻衣はまぶしそうに目を細め、笑っていた。幸せな夢だった。

麻衣のお母さんに「私たちと家族になるつもり?」と聞かれる前から、俺の中で答えは決まっていたんだ。

だから俺は「はい」と大きくうなずいた。

「これで目が覚めたとき、麻衣に怒られずにすむね」

麻衣。俺と麻衣の約束をお母さんも認めてくれたよ。心の中で麻衣にそう語りかけ、俺は病室をあとにした。

§

麻衣の手術が行われた。

俺は、脳に悪影響を及ぼす抗体の原因さえ取り除けば、麻衣はすぐにでも目覚めるものだと信じていた。

手術の翌日には、早くも痙攣が少し収まってきたかのように見えた。

「麻衣、聞こえるか？　きっとよくなるよ。目が覚めたら、どこ行こうか？　何が食べたい？　あの海辺のカフェなんかもいいね」

そばに誰もいないときには、とりとめのないことを麻衣の耳元で語りかけた。麻衣には聞こえている。もうすぐ目覚める。目覚めたときには、「尚志、人が寝てるのにうるさいんだもん」と文句を言ってくれるような気がしていた。

楽しい想像をしていれば、必ずそうなる。悪いことは考えない。俺は、決して現実逃避なんかではなく、本当にそう思っていた。

でも、麻衣は目を覚まさなかった。

医師にも理由はわからないようだった。週単位ではなく、月単位で考えるようにと言われた。

それからいくつかの治療法が提案され、血液の中から必要のない抗体を取り除くための血漿《けっしょう》交換なども何度か行われた。

麻衣が唇を動かせば、何か言おうとしている、まぶたがピクリと動けば、目を開けようとしているのではないかと期待した。

時間だけが虚《むな》しく過ぎていく――。

＊　＊　＊

二〇〇八年三月――

何度目かの季節は静かにめぐり、移り変わっていった。

麻衣の病状は変わらなかった。

「本当なら、結婚一周年だったね……、そろそろ孫の話も出ていた頃だったかもしれないわね」

私は病室に桜をかたどった色紙の花を飾りつけながら、つい夫にこぼしてしまった。

「よさないか。麻衣が気を悪くするだろう」

夫の言葉が、愚痴をこぼす私を冗談でたしなめるつもりなのか、それとも本気なのかを見極めようとしていると、病室の扉が開いた。

「こんにちは。あら、お父さんもお母さんもおそろいで」

にこやかに入ってきたのは尚志君のお母様、洋子《ようこ》さんだった。すぐあとから尚志君が入ってきた。

洋子さんは麻衣のそばに行くと、「こんにちは、麻衣ちゃん」と、髪をなでてくれた。

それから、土産物を次々と取り出し、ひとしきりおしゃべりを交わす。私たちは麻衣と尚志君の結婚が決まった後、結納を省略する代わりに、両家で食事会を催し、すっかり意気投合していた。同年代のよしみもあり、また明るい洋子さんとは話が合った。

「あー、のど乾いた。尚志、冷たいもん買ってきて」

洋子さんのその言葉に自分が行こうと腰を浮かせかけた夫を制して、尚志君が出ていった。

尚志君が席をはずしてすぐに、洋子さんは頭を下げた。

「お母さん、何なさるんですか。頭上げてください」

夫が慌てて言った。

「先日お電話いただいたことですけど……」洋子さんが言いかけた。

手術が無事にすんで数カ月が過ぎても、麻衣は目覚めず、私も夫も、家族となると言ってくれた尚志君はともかく、ご両親に対していつまでも黙っているわけにはいかなくなった。私たちが麻衣を娘として大切に思うように、尚志君のご両親にとっても大事な息子が約束できない未来に縛られているのは、納得できないのではないかと思っていた。それでご両親には一度きちんと麻衣の病状を説明し、その上で西澤家としても考えてほしいと電話をかけた。

「尚志君の気持ちは、本当にありがたい。麻衣は幸せ者だと思います。私たちも手術をすればよくなると思っていました。でも変わりません。医者も絶対大丈夫だとは言ってくれません。私たちは、尚志君が好きです。こんな人が息子になってくれたらと何度も思いました。でも、だからこそ、尚志君の人生も大事にしてほしいんです」

夫の言葉を洋子さんは黙って聞いていた。

「ありがとうございます。そんなふうに言ってくださる親御さんの娘さんだからこそ、尚志も好きになったんだと思います。二人ともまだ若いです。尚志もここで投げ出したら、たぶん一生後悔すると思ってるんでしょう。だから、あの子が気がすむまで、どうか麻衣さんのそばにいさせてやってもらえませんか」

洋子さんはそう言うと、もう一度、深々と頭を下げた。

＊　＊　＊

親たちの言葉を俺は廊下で聞いていた。部屋を出てすぐ、麻衣のお母さんの声が聞こえて立ち聞きしてしまった。

俺の両親は麻衣を待つことに反対しなかった。

「おまえがいいと思ったようにすればいい」

無口な親父は言ってくれた。母さんも麻衣の両親に直接話したいと、京都から来てくれたんだ。

涙と鼻水が出てきて無様《ぶざま》なことになった。

ありがとう、母さん。ありがとう、麻衣のお父さんとお母さん。

麻衣。ちゃんと聞こえてるよね。

いつか皆で笑える日が来ればいい。

§

麻衣と出会った日から二年が過ぎ、桜の季節が終わった頃だった。

いつもにぎやかな室田先輩が珍しくもじもじしながら俺のところへ来た。

「尚志、今夜ヒマか？　飲みに行かねえか？　俺のおごりで」

「へえ、先輩が？　珍しいですね」

行きつけの居酒屋に行くのかと思ったら、珍しくこぎれいなワインバーへ連れていかれた。そこにはみゆきちゃんが待っていた。

「こんばんは、尚志君」

「みゆきちゃん、久しぶり。元気だった？」

何げなく言ったつもりだったけれど、久しぶりという言葉にみゆきちゃんは少し気まずそうな顔をした。

「麻衣、最近どう？　ごめんね。なかなか病院行けなくて……」

麻衣が入院した当初は、毎日のように麻衣の友達や職場の人たちが見舞いに来てくれたけれど、麻衣は退職ということにもなり、入院が長引くにつれ、見舞い客の数もだんだん減っていった。でも、そのことで誰かを責めるつもりは全くなかった。顔を出してもらっても話ができるわけではないし、皆それぞれに忙しいのはわかっている。

それにしても、室田先輩もみゆきちゃんも何か言いたいことがあるみたいで、ワインと料理が来たところで、尋ねてみた。

「あの、なんか話したいことがあるんじゃないんですか?」

「あ、わかる? わかっちゃうか。そうだよね」

室田先輩が救われたように言った。

「いや、全然わかってませんけど」

「いや、わかれよ。わかってください」

全然わからない。みゆきちゃんがしびれを切らしたように言った。

「尚志君、あのね、私たち結婚するの」

二人がつき合っているのは知っていたけれど、そこまで話が進んでいるとは思わなかった。というよりも、俺の日常は病院通いと仕事だけで、周囲に目を向けるゆとりがあまりなかったんだと思う。

「本当ですか! わ、それはおめでとうございます。なんだ、先輩、だったらもっと早く言ってくれればいいのに。乾杯しましょうよ」

「だって、いいのかよ」

先輩は泣きそうな顔になっている。

「だから、何がですか？」

「本当はおまえと麻衣ちゃんのほうが先に結婚するはずだったんじゃないか」

「それにね、私たちが式を挙げるの、尚志君たちと同じ結婚式場なの。ごめんなさい」

二人はすまなそうに頭を下げた。その気持ちだけで十分だった。

「謝らないでください。幸せになるんだから。麻衣だって、怒ったりしませんよ」

「じゃ、結婚式来てくれるか？」

「当たり前じゃないですか。さ、だから乾杯しましょう」

二人はようやく笑った。

プロポーズは、ガラにもないフレンチレストランで、指輪をサプライズでシャンパングラスに入れておいたのに、みゆきちゃんは全く気づかず、あやうく飲んでしまいそうになったのだと、室田先輩がおもしろおかしく話してくれた。そんな楽しいエピソードを聞かされ、久しぶりに心から笑った。

みゆきちゃんが化粧直しに立ったとき、室田先輩は再び「ごめん」と謝った。

「いや、それ、もういいですから」

「でもさ、ちょっと調子に乗りすぎたよな。酒のせいだ。ごめん」

「本当に気にしないでください。麻衣が治ったら、たっぷりお返ししますから」

そう言うと、グラスに伸ばそうとしていた室田先輩の手が止まった。先輩はうつむいたまま言った。

「……本当に信じてるんだ？」

言われている意味がわからなかった。だが、すぐに麻衣が治ると信じているのかと問いかけられたのだとわかった。

「はい。先輩だって、みゆきちゃんがそうなったら、同じことしますよ」

室田先輩は苦しそうな顔をして、すぐには答えなかった。

「……いや、正直わかんない。俺、尚志ほど強くないからさ」

俺は不思議といやな気持ちにはならなかった。室田先輩はそれだけ自分のこととして考え、悩んでくれたのだとわかったから。

「後悔、しないんだよな」

「はい」即答した。

「みんなが俺のこと心配していろいろ言ってくれるのはわかってるんですよ。ありがたいと思ってます。でも、無理してるわけじゃないんです。麻衣と約束したから。結婚しよう、家族になろうって。だからこれが当たり前なんですよ。仮に、麻衣に会いにいくのをやめたとして、そのあと俺、どうしたらいいんですか」

「そのときは俺が──」

「そうですよね。きっと先輩のことだから、またすぐに合コンとかしてくれるでしょう。でも、そこでじゃあ次、なんて、俺、無理ですよ」

室田先輩はため息をついた。

「だよな。おまえの性格じゃ無理だよな。わかった。もう言わない」

みゆきちゃんが戻ってきた。

「ムロちゃん、しっかりしてよ、頼むよ！　もうっ」

そう言って、みゆきちゃんは室田先輩の背中をバンバンたたいた。笑っているのに、目に涙が光っているところを見ると、どうやら今の話を聞かれていたのかもしれない。それでも、二人は幸せそうだった。

六月、室田先輩とみゆきちゃんの結婚式が行われた。

ウエディングドレスを着たみゆきちゃんがどうしても麻衣に重なってしまう。初めて二人でこの結婚式場の前を通りかかったとき、幸せそうな花嫁を見て、どんなに麻衣が顔を輝かせていたか。どんなに結婚式を楽しみにしていたか。

新婦の友人たちのテーブルに麻衣だけがいないことが悲しい。

そんなことを考えていたら、涙が出そうになった。今日の結婚式に感激しているからだと思われていればいいのだけれど。

披露宴も明るく楽しく行われた。ここではずっと笑っていた。

キャンドルサービスの時間になり、お色直しをした新郎新婦がまぶしい照明の中に現れた。冷やかされながらひとつひとつのテーブルをまわってきた二人がこっちにやってきた。

「尚志、尚志、ごめんな、ごめんな」

「なんで謝るんですか」

あれだけ言ったのに、やっぱり室田先輩は泣き出した。しっかり者のみゆきちゃんが笑顔で支えている。

「ダメですよ、新郎が泣いたら。次は俺ですから」

言葉にしたら本当にそんな未来が来る、強がりなんかじゃなく、そう思えた。

柴田社長と目が合った。父親のような眼差《まなざ》しだった。

俺は大丈夫です。そんな気持ちをこめて、小さくうなずいてみせた。

披露宴が終わって会場の外へ出ると、島尾さんに会った。島尾さんは室田先輩たちの結婚式も担当しているらしい。

「麻衣さん、その後どうですか」

島尾さんは、ずっと麻衣のことを気にしてくれていた。

「……変わりないです。ありがとうございます」

それだけ言うと、話すことがなくなってしまった。島尾さんにしても、担当すべき花嫁が眠ったままなのだから、何も言いようがないのだろう。インカムで誰かに呼ばれたのを機に、「きっとよくなります。私、お待ちしてますから」と頭を下げ、遠ざかっていった。

麻衣を待ってくれている人がここにもいる――。

第三章　君の記憶

二〇〇八年七月――

室田先輩の結婚式が終わって一カ月が過ぎ、梅雨も明け、日差しがまぶしく照りつける季節となった。

いつものように夜明け過ぎに部屋を出る。夕べからの雨が上がり、うっすらと虹がかかっている。

「うわ、きれいだな」

さっそく携帯電話で動画を撮った。録画したばかりの映像を確認してみると、目で見た半分も再現できていないのが残念。そう思っていたら、信号待ちのとき、道端の草むらに名前も知らない小さな花が咲いているのを見つけた。かがんで花を摘む。小さな花束ができた。

麻衣の病室に入っていくと、顔見知りの看護師さんが検温を終えたところだった。

「おはようございます」

「あら、かわいい花」

彼女は俺が手にしていた小さな花束に気がつき、褒めてくれた。

「さっき摘んできたんです」

サイドテーブルの下の引き出しから一輪挿しを取り出し、花を飾った。

「麻衣さん、今日も変わりないですよ」

そう言うと、忙しそうに部屋を出ていく。変わりなくたって、悪くならなければいい。

そう思って、麻衣に話しかけようとその顔を見て、驚いた。

麻衣が目を開いている――。

こんなの初めてだ。目線は動かない。見えているのかどうかもわからない。

でも、確かにパッチリと目を見開いている。

「麻衣……麻衣……？」

呼びかける声が震えそうになる。待ってくれ。本当なのか。

麻衣は何も答えない。でも、変わらず目を見開いている。

これはもしかして本当に……。

心臓が高鳴った。俺はナースコールを押すのももどかしく、部屋を飛び出した。

急ぎすぎて途中で転んでしまったけれど、そのままナースセンターまで走った。

「麻衣が起きました――！」

俺の叫び声がナースセンターに響く。

すぐに担当の和田先生が来てくれた。俺は祈るような気持ちで見守っていた。

「これ、見えますか？」

和田先生は、麻衣の視線の動きを観察している。麻衣は疲れたのか、一度目を閉じた。

そこへ、麻衣の両親が入ってきた。俺はこのことを、二人にすぐ知らせずにはいられなかった。

「麻衣！」

お母さんが呼びかけると、麻衣は再びゆっくりと目を開けた。母親が来たことがわかって目で追ったようだった。

お母さんはゆっくりとベッドに近づいて、麻衣に声をかけた。

「目、覚めたの？　麻衣、よかった……よかったねえ……」

お父さんは胸がいっぱいになったようで、何も言えない様子だった。

麻衣は何も言わない。それでもしっかりと目を見開いていた。

「目、開いてる」

お母さんが確かめるように言うと、お父さんは嗚咽《おえつ》をこらえながら何度も何度もうなずいた。

俺はこみ上げてくるうれしさを抑えきれず、麻衣の顔を見つめ続けた。

これでもう大丈夫だ。きっと元どおりになれる。麻衣が目覚めたとき、そばにいられてよかった。

今日まで信じていてよかった。この先は明るい未来が開ける。

でも、事態はそう簡単なことではなかった。

その後、麻衣の両親と一緒に、病院内に設置されているカウンセリングルームへ呼ばれた。和田先生から今の麻衣の状況について説明を受けるため。

「今の麻衣さんは、言ってみれば、生まれ直したような状況だとお考えください」

「生まれ直した？　どういう意味ですか？」

お母さんが不安そうな顔で質問した。

「目を覚まして元の状態に戻ったわけではないんです」

今ひとつ理解できない。和田先生は続けた。

「ほぼゼロから、自分と世界の関わりを理解していくことになる今の麻衣さんは、おそらく幼児と同じです。麻衣さんの脳の中は、なんというかまだらな状態で、以前のことがすべて思い出せるとは限りません。そこも理解してあげてください」

「元の状態には戻れないということですか？」

お父さんの声には信じたくないという気持ちがあらわれている。

「それは、なんとも言えません。回復はしていくはずだとは思いますが、保証はできません。辛抱強く待ちましょう」

すぐに起き上がって話し出すといった奇跡的なことがあるとは思っていなかった。でも、頭の中がまだらな状態で、幼児と同じぐらいだというのはいったいどういうことなんだろう。

焦ってはいけない。俺はそう理解した。

何はともあれ麻衣は目覚めたんだから。おとぎ話なら、眠り姫が目覚めたあとは、幸せになるに決まっているじゃないか。


その日のうちに柴田社長をはじめ、室田先輩たち職場の皆に報告した。

「よかったな、よかった」

室田先輩は感激のあまり、俺を抱きしめ泣いている。

「尚志、よかったな。奇跡ってあるんだな」

社長も今にも泣きそうな顔で言ってくれた。誰かが拍手を始め、おめでとうの声とともに工場全体に広がった。口に出した人も出さなかった人も皆が心配してくれていた。本当にありがたかった。

医者が生まれ直したと表現したことは本当だった。生まれたばかりの赤ん坊が少しずつ周囲を認識し、成長していくように、麻衣の回復もゆっくりとしたものだった。麻衣が自分に起きたことを理解しているのかとか、意識を失う前のことをどのぐらい覚えているのかとか、そういったことはほとんどわからなかった。気管切開をしたのどには大きな傷があり、そのせいで、まだ声を出すこともできないからなおさらだった。

それでも、ずっと眠っていたこれまでを思えば、ベッドに起き上がることができるようになって車椅子に乗れるようになっただけでも、素晴らしい進歩だと思う。

麻衣が目覚めたのは夏。少しずつ風が冷たくなり、あっという間に秋になった。目を開けた麻衣は、だんだん目の前のものの動きに合わせて眼球が動く「追視」ができるようになった。

それから車椅子で外に出ることもできるようになった。直接外の空気を吸って太陽の光を浴びれば、植物が光合成をするように、少しでも元気になれるんじゃないか。俺は天気のいい日には、なるべく麻衣を外に連れ出すようにした。

休日、いつものようにアパートから病院に向かう途中、お父さんから病院近くの公園にいるとメールが届いた。駐車場にバイクを停め、公園に向かう。

秋の公園には落ち葉が舞い散り、銀杏《いちょう》の葉でいっぱいの地面はまさに黄色いじゅうたんそのものだった。

「尚志君！　こっちこっち」

お父さんが満面の笑みで手招きをする。大きな銀杏の木の下に、車椅子の麻衣たち親子三人がいた。

「尚志君、見て。麻衣が笑うの」

お母さんがいたずらっぽい口調で言った。俺は車椅子の麻衣の顔をのぞき込んだ。

「麻衣……。僕だよ、尚志」

麻衣はこっちをじっと見つめていた。そして、ニコッと笑ってくれた。以前の麻衣と変わらない笑顔に見えた。

麻衣は、元の麻衣に帰ってこようとしている――。

この日をきっかけに麻衣はほんの少しずつ、できることが増えていった。

追視ができるようになってから間もなく指がピクリと動くようになった。指の動きは掌の動きになって、そのうちひじから下が動くようになった。

麻衣が手を上げたといっては写真を撮り、笑ったように見えると思えば記念撮影をした。まるで赤ん坊の成長を楽しみにする親みたいに、俺は麻衣の回復の過程を記録していった。

§

二〇〇九年三月——

麻衣が意識を取り戻してから八カ月の日々が流れた。

カタツムリの歩みのようではあったけれど、麻衣は日に日に回復を続けていた。

この間の麻衣には、世界がどんなふうに見えていたんだろう。そもそも自分が誰なのかをちゃんと認識できているのかもわからなかった。

俺は、麻衣の手をとって、麻衣の身に何が起きたのか、以前のこと、今外で起きていることを少しずつ語って聞かせた。

麻衣は目を見開いて聞き入っているように見えた。

そして、今年も三月十七日がめぐってきた。この日、俺はピンクのバラの小さな花束を持ってきた。

「今日は三月十七日だよ。俺たちが出会った日」

麻衣はじっと俺の目を見つめていた。

「室田さんに強引に連れていかれた合コンでさ、俺、おなかの具合が悪くて焼き肉どころじゃなくて、麻衣にものすごく叱られたの、覚えてる？　あれ、驚いたよ。普通女の子って、あの人なんなの、とか陰で言うもんでしょ。正面からぶつかってくるからさ、実はすごく新鮮だった」

本当は二年前の今日、結婚式を挙げるはずだったとは言わなかった。一気にそんなことまで話してしまったら、麻衣は混乱してしまう。

それにここまで来たのだから、時間ならたっぷりある。焦ることはない。

来年はまだ無理だったとしても、再来年くらいには結婚式を挙げられるかもしれない。それくらい遅れたってどうってことはない。

三月の末、麻衣は岡山中央総合病院を出て、リハビリ専門の病院へ転院した。

これからここで理学療法、作業療法、言語療法といったリハビリを受けていくことになる。

新しい病院へは、介護タクシーを使って移動する。こんなタクシーがあるのだと、麻衣が病気になって初めて知った。介護タクシーは患者に負担がかからないようによく考えて設計されていて、俺は車椅子で移動するときの加速の加減、乗り降りの方法など、運転手の動きを観察した。麻衣がもう少し元気になったら、ドライブに連れ出したいと思った。

着いた病院は、前の病院とは雰囲気が全然違った。リハビリするまでに回復している患者が多いせいか、活気がある。

これからは、四人部屋に入ることになった。

「おはようございます。今日から入られる、中原麻衣さんです」

看護師さんが同室の患者さんたちに麻衣を紹介してくれた。

同じ部屋になったのは、脳梗塞《こうそく》で倒れたという年配の女性の山下《やました》さんと脊髄《せきずい》損傷の中学生の女の子、美帆《みほ》ちゃんだ。

「今日からお世話になります。中原麻衣です」

麻衣のお母さんが麻衣にかわって二人に深々と頭を下げた。女性だけの部屋なので、俺は少し遠慮して、挨拶だけけして、ベッドに移される麻衣を見守った。

四月に入るとすぐにリハビリが始まった。六百日近く眠り続けていた麻衣の体は硬く縮まってしまっている。それをゆっくりと伸ばしていく。作業療法士は山田《やまだ》さんという若い男性で、優しいけれど、患者を甘やかさない。

「うう……」

麻衣の顔が苦しそうにゆがんだ。でも、麻衣は決してやめようとはしなかった。言葉を発しなくても、そんなところは以前の根性ある麻衣のままだ。付き添うお母さんのほうが泣きそうな顔をしていた。

俺はといえば、実は泣いた。もちろん初日だけだけれど、歯を食いしばってがんばる麻衣を見ていたら、今までのことが一気にきた。トレーニングが必要なのは俺のほうかもしれない。

リハビリの成果は少しずつ、だけど確実にあらわれていった。目覚めたばかりの頃をゼロ歳児とすれば、今は三歳児くらい。麻衣の表情もどんどん豊かになっていく。いやなこと、うれしいことが顔を見ただけでわかるようになった。

五月になると、体を起こし、相手が投げた風船を腕で受け止める風船キャッチができるようになった。麻衣は懸命に風船に向かって腕を上げるのだけれど、おそらく頭の中で考えている動きと実際の腕の動きは相当ズレがあるらしく、三回に一回くらいしかキャッチすることができなかった。でも、目の表情がいきいきしている。成功すると、どうだとでもいうような顔でニッと笑う。その顔が見たくて、何度も何度も風船を投げたら、しまいには飽きてしまったらしく、そっぽを向かれた。

八月。セミの声が病室の中にまで聞こえてくる。

そんな暑い夏の盛り、お盆の前あたりから体調をくずしていた山下さんは、怖い夢でも見たのか、しきりに「お父さんがね、お迎えにくるの」とうわごとのようにつぶやいていた。そして、お盆休みで息子さん一家が帰省してくるのを待っていたかのように亡くなった。

麻衣は空《から》になったベッドをじっと見つめていた。相変わらず口をきかない麻衣の頭の中がどんなふうになっているのかはわからない。でも、俺は麻衣の目を見て、全部理解できるようになったのだと思った。

「麻衣、いくよ」俺はあえて明るく風船を麻衣に向けて放った。麻衣の中の負けず嫌いの根性がムクムクと頭をもたげ、懸命に風船を追う。この頃には、受け止めるだけでなく、打ち返せるようになっていた。

十五歳の美帆ちゃんにとっても、隣のベッドからよくアメをくれた優しかった山下さんの死はショックだったんだと思う。

「おばさん」と美帆ちゃんは麻衣のお母さんに話しかけた。

「人間って……いつか死ぬんだよね」

病院にいれば、いやでも死が身近になる。いつ自分があちら側に呼ばれるかわからないと怖くなるのは当然だと思う。

「美帆ちゃん、後ろ向きに考えちゃダメよ」

どんなにつらくても自分に負けたらおしまい。前を向いていれば、きっといいことあるから。お母さんは美帆ちゃんにそんなことを語って聞かせた。

二人の会話は麻衣の耳にもちゃんと届いている。

麻衣——。今は死のことなんて考えなくていい。君はあっち側から戻ってきたんだから。その言葉を心の中でだけ麻衣に語りかけた。

麻衣を失うかもしれないと思ったあの日の、体が震えるほどの恐怖は、今もまだ鮮明に記憶に残っている。あのとき、俺は初めて死が生きることと隣り合わせなんだと思い知らされた。麻衣だって、恐ろしい幻覚を見て、ひどい痙攣に苦しめられ、平穏に生きている世界とはかけ離れたものを見てしまったはずだ。

そのことだけは思い出してほしくなかった。

だから——申し訳ないけれど、今は山下さんの死を早く忘れてほしかった。ひどいヤツだと誰かになじられたとしても、俺は麻衣を守りたかった。

空になったベッドを見ないようにしながら、麻衣に風船を放つ。ひたすらに打ち返す麻衣からすべての不安を遠ざけたくて。


八月の下旬には、握手の練習をした。

「麻衣、握手しよ。握手しよ」

右手を差し出すと麻衣は懸命につかんでくる。まだまだ思いどおりに力を込めることができないのに、真剣そのものの顔。その一生懸命さと手のぬくもりがうれしくて、俺は何度も繰り返した。

秋。ひざ立ちで台を押す訓練にこぎ着けた。苦しそうに顔をゆがめながらも、麻衣は絶対に放り出したりはしなかった。

二〇一〇年二月——
麻衣はホワイトボードで字の練習をしていた。「中原麻衣」と自分の名前を書く。

まだペンがうまく持てず、子どもの落書きのような字だったけれど、確かに自分の名前だとわかって、そして書けるようになっていた。目覚めたときゼロ歳児だった麻衣が今はちゃんと大人の麻衣に戻ったんだ。これってすごいことだと思う。

ワッと病室に笑い声がはじけた。同じ病室の患者さんたちがテレビを見ている。病室の顔ぶれはすっかり変わった。美帆ちゃんは退院して、次に入ってきた年配の女性たちは、けがによるリハビリのせいか口は達者で、麻衣が何も言葉を発しなくても、頻繁に話しかけてくれた。

「あー！　もうっ！　真央《まお》ちゃん、キム・ヨナに負けちゃったよ！」

「私は朝青龍《あさしょうりゅう》の引退のほうがショック。ね、麻衣ちゃん」

麻衣はほほ笑んでこたえる。

バンクーバーでは冬季オリンピックが行われている。連日のテレビ観戦で、にぎやかなことこの上なかった。

麻衣は目が合うと笑ってくれた。そのほほ笑みはどことなくぎこちない。でも俺は、そのことを全く気にしていなかった。

二〇一〇年の大晦日は麻衣の家で過ごした。麻衣は一時帰宅を許され、久しぶりに自宅で年越しとなった。

いつか一緒に紅白を見て、家族として一緒に新年を迎えたいと願ったのは、四年前の大晦日。そして今年、想像していたのとはだいぶ違うけれど、麻衣と麻衣の両親と一緒に紅白を見ている。

やわらかくした嚥下食《えんげしょく》を麻衣の口元にゆっくりとスプーンで運ぶ。赤ちゃんに離乳食を食べさせるのに似たこのやり方もすっかり慣れたもんだ。

お母さんがお盆にのせたデザートを運んできた。

「デザートにはゼリーをご用意しました」と、おどけて食卓に並べる。そして、だいぶ減った器を見て「よく食べてる」と、俺の食べさせ方が上手だと褒めてくれた。

テレビにはいきものがかりが登場し、ヒット曲「ありがとう」を歌い始めた。少し遅れて口ずさむ声にハッとする。その声は、テレビを見つめ、歌おうとしてる麻衣のものだったから。それは歌というよりブツブツと何かをつぶやいているようなものだったけれど、麻衣は確かに歌っていた。

思わずお父さん、お母さんと顔を見合わせた。麻衣が声を出している。それも歌を歌っている。なんて大きな進歩なんだろう。

「写真、撮りませんか」

この瞬間を残しておきたくて、初日の出を撮ろうと思って持ってきたカメラを取り出した。

互いに交代しながら何枚もスナップ写真を撮り、最後にタイマーを使って四人で記念撮影。

「皆、笑ってください。ハイ、チーズ！」

今年の大晦日は忘れられそうもない。

幸せな家族の時間。これからどんどん麻衣はよくなっていく。そうすれば、今年より来年はもっと楽しい未来が待っているはず。

＊　＊　＊

二〇一一年の夏になった。

三月の東日本大震災の悲劇は、岡山にいても日々の報道で伝わってくる。たくさんの人が亡くなった。私も夫も家族を失った人たちの報道を見ると涙を止められない。涙もろくなったのは歳のせいだと夫は笑おうとするけれど、二人ともそうではないとわかっている。家族を失うということがどんなにつらいか、自分のこととして痛みを感じてしまう。もちろん私たちは娘を失っていない。震災で突然身近な人たちを失った悲しみとは違うけれど、心の痛みと悲しみを思うとどうしても我が家の出来事に重なった。

震災関連のニュースを見るたび、麻衣は画面にじっと見入り、そして涙を流していることもあった。体が動かなくても、うまく話すことができなくても、麻衣の中身は少しも変わっていない。麻衣の姿を見ていると、そう思えた。

その日、麻衣は病室のベッドで写真を見ていた。大晦日の夜に四人で撮った写真もある。皆幸せそうに笑っている。

麻衣の視線は明らかに尚志君を見つめていて、それから少し首を傾げ、確かめるようにつぶやいた。

「……ヒ、サ、シさん」

なぜか違和感を覚えて、私は麻衣の顔を見た。

「どうしたの、麻衣？」

なんでもないというように麻衣は首を振る。何か隠している。母親の勘がそう告げていた。でもそれがなんなのか、まだよくわからない。

夏から秋にかけては、おだやかな時間がゆっくりと流れたように感じた。

麻衣はどんなに苦しくても、リハビリをいやだと言わなかった。

尚志君は毎日病院に通って、麻衣のリハビリを手伝ってくれる。今ではもう当たり前のように溶け込んで家族だと思っているけれど、まだ結婚式も入籍もしていないことに変わりはない。本当にありがたいことだと思う。

眠り続けていた頃と違って、麻衣は毎日変化していく。昨日できなかったことが今日はできるようになっている。言葉もゆっくりだけれど、少しずつ前と変わらない声で話せるようになってきた。

この変化は麻衣がまだ幼かった頃と似ている。なんだか子育てを二回しているような気持ち。

娘の成長を毎日見つめる。ただ、そうしていると少しだけ気がかりなことがあった。麻衣が尚志君と接するとき、なぜか戸惑いのような表情を浮かべることがある。尚志君はなんとも思っていないようだったから、口には出さなかったけれど。いつか写真を見つめていたことと関係があるのかもしれない……。

二〇一二年三月――

「ねえ見て、同じ部屋にいた美帆ちゃん。最優秀賞とったんだって。すごいわね」

私は新聞を麻衣に差し出した。これを見つけたときには、うれしくて思わず叫んでしまった。

〝全国高校生弁論大会　最優秀賞　泉《いずみ》美帆さん
障害乗り越え　命の大切さ　訴える〟

事故で歩けなくなり、隣のベッドで亡くなった山下さんの死にショックを受け、生きる意味を見失いかけていた美帆ちゃんがこんなに活躍していたなんて。新聞記事の中の美帆ちゃんはとても素敵な笑顔だった。

「……美帆ちゃん、がんばってるんだね」

麻衣はゆっくり記事を読んだ。それから、ふと顔を上げて思いついたように言った。

「ねえ、お母さん。あの人、今日来る？」

「あの人って？」

麻衣が言っているのが尚志君のことだとわかったけれど、なぜ〝あの人〟だなんて言い方をするの……？

「うん、来ると思うけど」

「そう」

決して待ちわびて尋ねたようには見えなかった。

「麻衣、なんか私たちに隠してることない？」

麻衣は答えなかった。

少し前から疑問に思い始めていることがあった。でも、その疑問はあまりにも残酷なことで、麻衣に問いただすことができずにいた。

どうか、思い過ごしであってほしい。

＊　＊　＊

その日の午後、麻衣の地元の友達が四人見舞いに来てくれた。俺たちがつき合い始めた頃から、四人の話は麻衣によく聞いていた。

日当たりのいいデイルームで友達に囲まれ、麻衣は思い出話に花を咲かせている。

俺は麻衣のお母さんと一緒に少し離れたところで見守っていた。麻衣が昔と同じようにおしゃべりし、笑っているのを見るのは本当に楽しい。

「あ、そういえばさ、あれ覚えてる、麻衣？　入学式のさ、次の日にさ」

「そうそう、トイレ、パンツ丸見え事件」

二人が麻衣にいたずらっぽい笑顔を向けた。その話なら、聞いたことがある。中学に入ってすぐ、トイレから出てきたとき、スカートの裾がめくり上がったまま廊下に出てしまい、憧れの先輩に見られてしまったというエピソードだ。

「ああ！　やめて。もう、それ忘れたい」

麻衣が顔を赤らめ笑った。そんなことまでちゃんと記憶に残っているのか。俺は麻衣が秘めていた力に改めて驚いた。

ところが、小さな疑問が浮かんだのは、友人の一人が質問したときだった。

「ね、尚志さんとはどこで出会ったの？」

一人が言い出し、皆も聞きたい聞きたいとはやし立てた。

「……あ……えっと」

麻衣は困ったようにお母さんのほうを見た。少しの沈黙の後、俺は口をはさんだ。

「僕の先輩主催の飲み会で、駅前通りの焼き肉屋、あそこで」

とっさに助け船を出す。

「その日、すごいおなか痛くて、肉も食べない、酒も飲まないでいたら、すんごい勢いで……ムカつくって」

「言いそう」「委員長タイプだからね」と女の子たちはすぐに盛り上がって、麻衣は皆の笑い声に包まれた。彼女たちは、俺が優しくて献身的だとこっちが恥ずかしくなるくらいに褒めてくれ、麻衣は幸せ者だ、結婚式には絶対呼んでねと冷やかして、ようやく立ち上がった。

友達の明るい笑いがはじける中で、麻衣の笑顔だけが少しだけ曇っていた。

病院のロビーには、鮮やかな赤や黄色、青と、色とりどりの熱帯魚が泳ぐ水槽があった。ブルーライトに照らされた水の中で泳ぎ回る魚たちは、患者たちの目を楽しませている。

病室に戻るために麻衣の車椅子を押していた俺は、麻衣の視線が水槽に向いたのに気づく。少し迷ったけれど、車椅子を止め、麻衣と向き合った。

麻衣が話せるようになり、会話を交わすようになってから、かすかに感じるようになっていた違和感……。それは今日はっきりとしたものになっていた。

「麻衣、……僕のこと、覚えてない？」

麻衣は目を伏せた。しばらく迷っているような表情を浮かべ黙っていたが、やがて小さくうなずいた。

やっぱり……。ショックを表に出さないようにしながら重ねて聞いた。

「……僕のことだけ？」

「……そうみたいです。ごめんなさい」

改まった敬語が余計に悲しい。

「結婚の約束してたって言われても……でも思い出せないし……。このままにしておこうかと思ったけど……」

知らない男と結婚などできるはずないよね。

「ごめんね……全然気づいてあげられなくて」

「いえ、そんな」

「……しんどかったよね。……そうか。……そうだよな」

目覚めてからの麻衣の気持ちを思うと、俺は自分の鈍感さを呪いたくなった。麻衣は今までいったいどんな思いで俺と向き合っていたんだろう。

「でも、私、がんばります」

「え？」

麻衣が何を言っているのかわからなかった。

「思い出せるように、絶対」

麻衣はそうキッパリ言い切ると、自分の腕で車椅子を動かし、進んでいった。追えなかった。なんて強いんだろう。あの強さに憧れて麻衣を好きになった。なのに、これでいいのか……。

俺は、顔を上げて進む麻衣の後ろ姿を見つめることしかできなかった。

＊　＊　＊

麻衣と尚志君の話を聞いてしまった。麻衣がほとんど以前と変わらず意思表示ができるようになった数カ月前くらいから、もしやと思ってはいた。尚志君の写真をじっと見つめていたのは、恋しいからというよりも、必死に思い出そうとしていたから。尚志君が誰かわからないということは、二人の間にあった思い出も何もかも覚えていないということ。目が覚めて自分をのぞき込む若い男性を誰だろうと思いながら今日まで過ごしてきたんだね、麻衣。

どうしてもっと早く気づいてやれなかったんだろう。

思い出せるようにがんばると宣言した麻衣。今はあの子の記憶が戻ることを信じたい。

＊　＊　＊

あの人を傷つけてしまった……。

あの人のことを覚えていないと告白すれば、気持ちが楽になると思っていた。

長い間眠っていたと言われても、初めは何もわからなかった。濃い霧の中にいたみたいに頭も視界もぼんやりしていた。だんだん霧が晴れるようにまわりのことがわかり始めたとき、両親の隣にいつも優しい目をした男の人がいた。

尚志というその人は、父や母ともなじんでいて、当たり前のように毎日病室に顔を見せ、私の体に触れ、世話をしてくれた。その手つきからもうそれが長い間続いていたことがわかった。触れることは決していやではなかった。

でも……。優しくされればされるほど、そして、二人の間にあったらしい約束の話をされるたび、どうしていいかわからなくなった。何も覚えていない私は何かひどく悪いことをしているような気がした。

毎日一緒に過ごせば、記憶が戻ると思っていた。昔の二人の話をされると、まるで知らないドラマのあらすじを聞かされているようにしか思えなかったけれど、そこに自分がいるんだと一生懸命考えるようにした。そうしているうちにきっと昔と同じになれると思っていた。

でも、記憶は全然戻らない。

そのことをようやく伝えられた。だから、これからは覚えているふりをしたりせずに、なんでも聞ける。二人で一緒にしたことを聞いて、何か小さなきっかけでもあれば、そこから糸をたぐり寄せるように記憶の源に近づけるはず。

――尚志さんを好きだという気持ち。その気持ちを思い出せれば、何もかもうまくいくはず。

私が質問を重ねると、尚志さんは楽しい思い出をひとつひとつ語ってくれた。

「クリスマスの日、プレゼント交換して、ごはん食べてたら、麻衣がテーブルクロスを引っかけちゃってさ、大変だったんだよ」

私は尚志さんとの思い出ノートをつくって、二人の出会い、一緒に行った場所、あった出来事、自分が言ったこと、尚志さんが言ったこと、そして約束も、記憶を埋めるように書き込んでいった。

外出許可をもらって、お母さんにスーパーマーケットの駐車場へ連れてきてもらった。

ここはよく尚志さんと待ち合わせに使ったという場所。

お母さんは車椅子を押しながら、声をかけてきた。

「……思い出せるといいね」

「うん……停めて」

あたりを見回し、ノートを見る。

「ここで……よく尚志さんの車に乗りかえて……いろんなとこ、行った……」

言葉にすれば、当時の自分が見えると思ったのに。何もよみがえってこない。情景も音も匂いも気持ちも……。

次に向かったのは、駅前のアーケード街。初めて私たちが言葉を交わしたという場所。

市電が通り過ぎていった。

「……ここでカイロをあげた」

どうしてもそれが自分がしたこととは思えない。

ここでもない、きっかけとなる場所は。もっと違うところ、もっと記憶を刺激してくれるところに行けば思い出せるはず。

＊　＊　＊

麻衣が焦っていることは、よくわかった。尚志君のことを覚えてないと告白するまでは、なんとかごまかしながら記憶が戻るのを待っていたんだと思う。でも、本人に知られて、傷つけてしまった。だから、一刻も早く元どおりにならなければ、五年もの間支えてくれている彼に申し訳ない、そう思っているはず。

麻衣たちが夕涼みに来たことがあるという河原に降り、苦しそうに川面を見つめる麻衣に、そっと声をかける。

「麻衣が寝てる間にね、尚志君、家族になったんだよね……」

だから焦らなくていい。本当なら、まず二人が結婚することで、家族になる。でも、尚志君のこの五年間の献身は、もう家族以外の何物でもなかった。二度と目を覚まさないかもしれない、たとえ意識を取り戻しても不自由な体になってしまうかもしれないとわかっていても、尚志君は麻衣を愛し続けてくれた。だから、尚志君は思い出せないことくらいで怒ったりしない。そう伝えたかった。

「……そろそろ帰ろうか」

「もう一カ所、行きたい。尚志さんのアパート」

麻衣は尚志君との思い出の場所に行きさえすれば、記憶が戻ると信じている。

「ダメ……。三時間って、先生と約束したでしょ」

麻衣のため息が聞こえた。

＊　＊　＊

夜、病室に戻ってから、ケースに入った婚約指輪を見つめる。長い眠りから覚めてこの指輪に気づいたとき、ダイヤの美しさに見とれた。でも、どうして自分がこんなものを持っているのか全くわからなかった。

そっと左手の薬指に指輪をはめてみる。

自分のじゃないみたい。そのままそっとケースに戻した。ふと顔を上げると、入り口のところに尚志さんが立っている。困惑しながら無理に笑顔をつくっているのがわかった。

「今日、いろいろ回ったんだって？」

「え？　うん」

尚志さんは私のことをまっすぐ見ることができないみたい。そんな彼に、私ははっきりと言った。

「……がんばるから、思い出せるように」

それから二人で他愛のない話をした。でも、話はまったくはずまない。どちらかが無理をして笑わせようとし、つくったような笑顔を浮かべて、結局お互いに気まずくなって黙ってしまう、そんなことの繰り返し。尚志さんはいつもより少しだけ早く病室をあとにした。

その晩は眠れなかった。悲しそうな尚志さんの顔が目に浮かんで、自分があの人の笑顔を曇らせていると思うとたまらなかった。

尚志さん、私、どうしたら思い出せるんだろう……。

＊　＊　＊

自分を覚えていない、でも、必ず思い出せるように努力すると麻衣に言われて、正直どうしていいのかずっとわからずにいた。

ショックでなかったと言えばうそになる。でも、自分のこと以上に麻衣はどんなに怖かっただろうという思いがあった。ようやく目が覚めたとき、見知らぬ男が泣いたり笑ったりしていたわけで。当たり前の顔をして毎日やってきては、手を握ったり、マッサージしたり。麻衣はどんな思いで受け止めていたんだろう。

それなのに俺は――。

それからしばらくの間、俺たちは記憶のことには触れず、いつものように過ごしていた。


出勤前に病院に寄ったある日、病室のどこにも麻衣の姿がなかった。同室の女性たちに聞くと、かなり早い時間にベッドを抜け出したまま戻ってきていないという。

――麻衣！　どこにいるんだよ！

すぐに麻衣のお母さんに電話をかけた。

「あの、麻衣が病室にいなくて。全然わからなくて。勝手に一人で出たみたいです」

俺は病院から飛び出し、あたりを探し回った。

お母さんから電話がかかる。「もしかしたら尚志君のアパートに行ったのかもしれない」と聞き、理由を尋ねると、先日の外出許可のとき、時間切れで行けなかったことが引っかかっているのではないかと返事があった。

母親の勘に賭けよう。俺はアパートに向けてバイクを走らせた。

＊　＊　＊

車椅子で市電に乗って、尚志さんのアパートへ。聞いていた市電の駅で降りると、間もなく雨になった。大きな木の下で車椅子を停めて雨宿りをしていたけれど、雨はやみそうにない。

でも、戻るわけにはいかない。

慎重に車椅子を動かして、降りしきる雨の中へ出ていった。

尚志さんのアパートへ続く道には誰もいなかった。冷たい雨にずぶ濡れになって体温が奪われていく。それでも立ち止まりたくない。

目の前に尚志さんのアパートが見えている。それなのに、どんなに見つめてもそこに自分が通っていた記憶はほんの欠片も浮かんでこない。

もっと近くに行けば……。

雨は容赦なく、たたきつけるように降り注ぐ。きっとこれは、大切なことを忘れてしまった私への罰なんだ。

あんなにも自分を大切にしてくれる人を忘れるなんて——。

待ってて。もう少し進めば、あの部屋へ近づけば、記憶は戻ってくれるかもしれない。

もう少し。あと少し――。

そのとき、縁石に車輪がとられ、私は車椅子から投げ出されてしまった。なんとか車椅子に戻ろうとしても、眠り続けていた間にすっかり固まってしまった足は、全く動いてくれない。

自分が情けなかった。悔しくて、涙が出る。

雨の中、私はバイクの音が近づいてくるのも気づかずにいた。

「麻衣！」

大きなその声にハッとする。尚志さん……。

尚志さんはバイクを急停車させ、転がるように降りて私に駆け寄ってきた。

「何やってんの。無茶だよ、こんなの」

「だって……思い出したいから……。でも、全然、思い出せないし……こんなのいやなの！　絶対いや！」

叫ぶように言った直後、激しい頭痛に襲われた。

「頭が！　痛い！　頭が――」

抱き起こした麻衣が頭痛を訴え、苦しみ始めたとき、瞬間的に俺は麻衣が入院した日に引き戻される。あのとき、麻衣の中で病が暴れ、麻衣を別人のように変えてしまった。

二度とあの日に戻りたくない。麻衣をもう苦しめたくない。

俺は震える手で携帯のボタンを押し、救急車を呼んだ。

＊　＊　＊

病院へ戻り、必要な処置を受けると、麻衣は眠りに落ちた。またあのときのように、目覚めなかったら……。また麻衣の苦しみが巻き戻されてしまったら……。いくら医師から一時的にパニックを起こしただけだと説明されても、俺は心配でたまらなかった。

でも、数時間後、麻衣はちゃんと目を覚ましてくれた。そして、心配そうに麻衣の顔をのぞき込む両親と目を合わせた。

「麻衣、よかった。もう大丈夫だからね」

お母さんが安心させるように優しく言った。

「麻衣、心配するな」

お父さんも決して怒ったりしなかった。麻衣はお母さんの体にしがみついて、子どものように泣き出した。

「お父さん、お母さん……ごめんなさい。せっかくよくなったのに……、ごめんなさい……」

「大丈夫、大丈夫」

お母さんは小さな子どもにするように麻衣の背中をなで続けた。

麻衣は俺を見ない。ここにいることすらわかっていないのかもしれない。

俺は苦しくなって、そっと病室を出た。


よく晴れたある日。麻衣がすっかり体調がよくなったのを見計らって、俺は麻衣をドライブに連れ出した。

「ごめんね、無理言って」

山へと向かう車の中で、なるべく暗くならないように言った。

「私も、行ってみたかったから」

麻衣も明るく答えてくれる。でも、二人とも気づいていた。お互いに演技をして、気づかぬふりをしていることに。

展望台に着くと、車椅子に麻衣を乗せ、ゆっくりと歩き出す。

眼下に街を見下ろす、麻衣が好きだった場所。でも、麻衣はかつてのように歓声を上げることもなく、ただ黙って遠くを見つめていた。

「ここで……結婚しようって……」

「……うん」

麻衣が何かを感じようとしているのは俺にもわかった。きっと必死に記憶を取り戻そうとしているんだ。それが叶わず肩を落とした麻衣の背中があまりにも小さくて、たまらなくなる。

「もう、無理しなくていいよ」

「え……」

麻衣は驚いたような顔で俺を見上げた。

「麻衣が目を覚ましたとき、すごいうれしくて……それで毎日、毎日会いにいってさ。でも、麻衣からしたら……長い間意識がなくて、で、目が覚めて……そしたら、そこには知らない人がいて、自分の恋人だって。婚約もしてるって、すごく怖いだろうなって思う」

　返事ができない麻衣は、うつむいてしまった。

　俺は息を大きく吸った。

「でも……それでも麻衣は……僕のこと認めようってがんばってくれて……これからは、ちゃんと自分を大切にして生きてほしいんだ」

　言い切った。一気に言わなければ、未練を残してしまう。

「私が……あんなふうになったから、ですか」

　麻衣の敬語が、他人のようで悲しくなる。麻衣、そんなわけないじゃないか。

「麻衣さんはすごいよ。あんな状態から戻ってきたんだ。今、こんなふうにしてられるのも奇跡みたいにすごいことだよ。もう、苦しまなくって、いいんだって。だから、――もう会うのはやめる」

　麻衣の頬に一筋だけ涙がこぼれた。今すぐ抱きしめたくて仕方なかったけど、俺はなんとか笑顔をつくった。

　もう麻衣を追い詰めるようなことをしちゃいけない。それが自分にできる最後の、そして唯一のことなんだから。

帰りの車の中で、俺たちはほとんど口をきかなかった。

病院に戻る頃にはあたりはすっかり暗くなっている。久しぶりの遠出を心配していた麻衣の両親が入り口で待っていた。俺たち二人の様子に何か感じるものがあったらしく、いつもなら明るく「どうだった？　楽しかった？」とたたみかけるように尋ねてくるお母さんが何も聞こうとはしなかった。今は、それがありがたい。

麻衣を両親の手に委ねると、深く頭を下げる。

車に乗り込み発進させると、バックミラーに映った麻衣が小さくなっていき、角を曲がると、見えなくなった。


麻衣を乗せて何度も何度も走った道に差しかかる。

初めて乗せたとき、自己紹介だと子どもの頃からのエピソードを身振り手振り交えて語り続けた麻衣。いつも笑っていた麻衣。麻衣が助手席にいれば、どんなに長いドライブも少しも苦にならなかった。

そうやって麻衣はずっと隣で笑っていてくれるものだと思っていた。意識をなくしていたときだって、麻衣は長い冬眠に入っていて、春になれば目覚めて自分のもとに帰ってくる。尚志、お待たせ、と笑ってくれる。

ウエディングドレスも一から選び直して、結婚式も予定どおりにして……。

必ず元どおりになる。そして、一生、麻衣と生きていく。

そう信じていた。

なんてバカだったんだ。麻衣の気持ちも考えずに。あまりにも幸せだけを信じ切っていたから、麻衣の気持ちに気づけなかった。

誰よりも大切な麻衣を傷つけてしまった。

照れくさがって一度も言えなかったじゃないか。

愛してるって――。

涙で視界がかすんで、もう走れなかった。車を路肩に停めると、俺はハンドルに顔をつけて、涙が涸《か》れるまで、泣き続けた。

第四章　八年越しの花嫁

小豆島の朝は空気が澄みきっている。生活する空間のすぐそばに海がある。俺は最初そのことが物珍しくて、早起きしては海辺を散歩した。潮風に吹かれていると、自分がちっぽけな存在に思える。それに、瀬戸内海を見ていると、近隣の島影が必ずどこにいても見えるから、孤独がまぎれた。

車の下に潜って仕事をしていると、声が聞こえた。

「どうだ？　あんちゃん、だいぶ慣れたか？」

声の主は、ここ高橋自動車の引退した工場主・高橋泰三《たかはしたいぞう》さん。

俺は、麻衣に別れを告げて間もなく、太陽モータースに退職願を出した。社長には驚かれ、引き留められもしたけれど、すべてを話すと、麻衣のためにこの数年間一切変えなかった環境を一新したらいいと背中を押してくれた。

岡山から離れ、移り住もうと考えたのは、以前社長と一緒に納車で訪れた小豆島だった。社長は人脈を駆使して、後継者がいないために腰痛に鞭《むち》打って修理工場をなんとか続けていた高橋自動車を紹介してくれた。

「設備もあんまりねえし、こんな車の修理ばっかじゃつまんねえだろ？」

高橋さんは、ここで扱う車が普通乗用車の車検や簡単なエンジントラブルばかりなのを気にしているようだった。

「いえいえ、楽しいです」

「へえ、変わってんな」

「ハハ、そうですかね」

笑って答える。楽しいというのはうそではない。車をいじってさえいれば、余計なことを考えずにいられる。高橋さんは古いなじみ客が来たときに顔を出すくらいで、あとは事務仕事に専念し、工場のことは俺に任せてくれていた。

仕事の手があくと、近くの廃校になった小学校に出かける。校舎に子どもたちが通うことはもうないけれども、校庭には海に面した場所にブランコがそのまま残されていて、子どもたちが遊んでいた。「あのブランコに乗ると、海に向かって飛んでいけそうで楽しい」と、顔なじみになった元気な女の子が教えてくれた。

校庭の真ん中に立って子どもたちを見つめていると、ブランコの鎖を握りしめる小さな手が、リハビリしていた頃の麻衣の手を思い出させた。体の両わきに渡されたバーを必死につかんで立ち上がろうとしていた麻衣。

いつの間にか目の前に車椅子に乗った麻衣が見えた。麻衣がゆっくりと立ち上がり、こっちに向かって歩いてくる。もう少しで手を伸ばせば届きそうだ。

――麻衣。

――そのとき、麻衣の姿がふっと消えた。傍《かたわ》らに壊れたブランコが揺れているだけだった。

まだこんな夢を見てしまう。

忘れようとすればするほど、麻衣への思いは宙に浮き、行き場を失ってこんな幻を見せた。

麻衣は今、笑っているだろうか?

＊　＊　＊

二〇一三年四月――

ついに退院して、自宅に帰ることができた。玄関には車椅子の通れるスロープがつけられ、家の中もバリアフリーに改造されていた。

倒れてから六年。

私の部屋は車椅子で使うことを考え、二階から一階の客間に移っていた。病室から持ち帰った荷物の整理をしていると、携帯電話が目に入る。病室にも置いてあったものの、院内では使うこともなかったし、パスワードを忘れてしまって全く開けなかった。誕生日やゴロ合わせなど、思いつく限りの数字を打ち込んでみても、エラーばかりで、結局あきらめるしかなかった。

それからは日常生活を取り戻す日々に追われた。退院したとはいえ、リハビリが続くことに変わりはない。一日も早く自分の足で歩けるようになりたくて、私は毎日必死で体を動かし続けた。

自宅に戻ってからは、友達も頻繁に誘ってくれるようになった。ときには外食やショッピングにも車椅子を操って出かけるようになったりと、友達と過ごす時間は楽しくて、いつも笑っていられた。

それなのに——。

なんだろう、この虚しさは。

季節を感じるたびに、生きていてよかったと思える。おいしいものを食べるとき、命があることに感謝する。なのに。

いつも胸の中にぽっかりと穴があいていて、パズルの大切なピースをなくしてしまったまま見つけられないような寂しさがあった。

尚志さんのことを思い出すことができず、そのことを隠し続けて必死で思い出そうとしていた苦しさから逃れたときは、正直ホッとした。でも、時間が経つにつれ、楽になったはずの心のどこかで、苦しいと涙を流す自分の声が聞こえているような気がして。

だからといって、私に何ができるの？　まだ尚志さんに関する記憶は戻っていないのに。

§

二〇一四年四月――

リハビリに追われ、さらに一年が過ぎた。今日はお母さんに付き添われ、定期検査のために岡山中央総合病院へ。

少しずつできることが増えていくけれど、不安な気持ちは消えない。これから自分はどうなるのか。再発したりしないのか。それに、摘出した卵巣のことは……。

検査後、緊張しながら和田先生の待つカンファレンスルームに向かった。先生は笑顔で迎えてくれた。

「順調に回復してますよ、もう大丈夫」

「本当ですか⁉」

思わずお母さんと手を取り合って喜んだ。

「ちゃんと結婚してお子さんだって産めますよ。がんばったんだから、幸せになってくださいね」

「え……」

眠っている間に卵巣にできた腫瘍を取り除く手術を受けたことは聞いている。卵巣ごと摘出したはずじゃ……。

「……でも私は」

「ああ、手術のこと？　子どもは産めるようにしてくださいって、お母さんから」

と先生はお母さんを見てほほ笑んだ。

そうなんだ……。私はまだ新しい希望を持ってもいいんだ。

このことを知って、真っ先に浮かんだのは、尚志さんの顔。

でも、もうどうにもならない……。

病院を出た後は、お母さんとショッピングセンターに買い物に行った。いい結果を聞いた後だけに、お母さんの表情も明るかった。二人でこれからの季節に着られそうな服をいくつも選んだりと楽しかった。ときどき尚志さんに似合いそうな服を見つけては、ハッとしてその顔を忘れようとしていたこと以外は。

ショッピングセンターから外に出て、お母さんが駐車場から車を出してくるのを待っていると、ふと道路をはさんだ向かい側にある結婚式場が目に入った。歩道沿いの格子扉の向こうに、チャペルへと続くレッドカーペットが敷かれた階段が見える。

黒いパンツスーツを着た女性が出てきて、扉を開けようとしていた。女性はこちらを振り返ると、その顔を突然パッと明るくさせ、道路を渡って私のほうに駆け寄ってきた。

「お元気になられたんですね、よかった！」

満面の笑みで、心からうれしそうに言うこの人は誰だろう。

でも、何か私のことを知っている。私が忘れてしまった、大切な何かを。

お母さんに少し待っていてくれるように電話をかけ、結婚式場へ行った。

幸せを演出する華やかなロビーも、ウエディングドレスの実物もやっぱり見覚えがない。ただ、うっとりするくらい、ここは素敵な式場。それだけはわかった。

島尾さんというそのウエディングプランナーの女性によると、なんと私たちはここで式を挙げる申し込みをしていたことがわかった。でも、私がもう尚志と会っていないと言うと、大きく目を見開いた。

「……もしかしてご存じなかったんですか？」

そして、島尾さんが語ったこと。その内容を、私はすぐに信じられなかった。

「ずっと……ですか？」

「はい、ずっと。毎年毎年必ずその日にはこちらにいらして……キャンセルはしませんって。なのでずっと予約されたままです」

島尾さんの話によると、七年前、結婚式を挙げるはずだった日——私が眠り続けていた頃だ——。尚志さんは知らないうちにキャンセルしてしまったら、私があまりにかわいそうだと予約を取り消さなかったんだそう。それから毎年同じ日に予約を入れ続けていただなんて。今年は無理だと判断するまで予約をキープし続ける費用はバカにならなかったはず。それなのに、尚志さんは一切の贅沢もせず、いつでも結婚式ができるように予約を入れ続けてくれていた……。

知らなかった……。

「毎年、三月十七日は、お二人のために空けてました」

三月十七日――。

0317。何かが引っかかった。

0317……0317……。

もしかしたら……。

バッグの中に入れてあった古い携帯電話を取り出す。電源を入れると、パスワードを入力する画面が。震える指で0・3・1・7と打ち込んだ。

携帯は息を吹き返した。すると、たちまち無数のメールの受信が始まる。そのほとんどが尚志さんからだった。

§

その日の午後。私は小豆島行きのフェリーの上にいた。

結婚式場から出て、私はお母さんに尚志さんに会いにいくと話した。お母さんは驚いていたけれど、賛成してくれた。

尚志さんから聞いていた太陽モータース。みゆきが尚志さんの先輩と結婚したとも聞いたので、場所を聞こうとみゆきに電話すると、もう尚志さんは太陽モータースを辞めて、岡山にもいないのだと教えてくれた。

みゆきは言いにくそうに話してくれた。

「尚志君、麻衣が目が覚めたとき、いろんなことが変わってしまってたらかわいそうだって、アパートも車も変えなかったんだよ。でも、麻衣と別れたら、もう同じでいるのはつらすぎたんじゃないのかな。岡山にいたら、どうしても麻衣のこと引きずっちゃうし、もしどこかでバッタリ会ったりしたらいやな思いをさせるかもしれないって。黙っててごめん」

そして、大好きだった太陽モータースの仕事からも友人たちからも離れ、たった一人で小豆島に移ったらしい。

「一緒に行くわよ」

それを伝えると、お母さんに声をかけられた。

「ううん。一人で行く。だって、これは私の問題だもん。尚志さんにちゃんと一人で伝えたいの」

お母さんは私の真剣さを感じてくれたのか、一度だけため息をつくと、わかったと言ってくれた。そして、車椅子の麻衣が一人で行くと聞いたら、きっとお父さんは死ぬほど心配して止めるから、このまま行っちゃいなさいと笑って送り出してくれた。

お母さんに感謝して、小豆島を目指した。

尚志さんに会わなくちゃ。

どうしても、私から、伝えたいことがある――。


海風が髪をなびかせる。ずっと握りしめたままだった携帯電話に目を落とした。受信メールを開く。


映像の中の尚志さんが話し出す。入院したばかりの頃の病室。

――今日から動画を撮って、麻衣の携帯に送っておきます。慣れない自撮りで、とても恥ずかしいのですが、起きたら一緒に笑おう……。（ベッドの上に眠る私を画面に入れながら）麻衣です。今日もよく寝てます。なかなか起きてくれません。

尚志さんの部屋で撮ったものもあった。

――麻衣につくってもらった、パスタをつくってみました！……無残なことになりました！　なんじゃこれは。でも、食べます。

――今日はどこに来ているでしょう。正解は……。

雄大な景色が映し出された。山の展望台のようだった。

——僕たちの思い出の場所に来ています。激しく後悔しております。こんなところで男一人、きついわ……。気まずいです。

周囲にはたくさんのカップル。困った顔で尚志さんがおどけてみせた。

別の日には、再び尚志さんの部屋。

——……今日はちょっと、落ち込んでいます。こういうときに、麻衣がいないと、えー、僕はとても寂しいので、早く起きてください、麻衣。

場面は河原になった。バイクも一緒に映っている。

——麻衣！　愛してるよ！

そこに通行人が現れ、とたんに尚志さんは恥ずかしそうな顔。

——あ、すいません。

再び病室。

——……えー、先日、卵巣を摘出する手術をしました。がんばったね、麻衣。

私が意識を取り戻してからのものもあった。病院近くの見覚えのある場所。私は車椅子に乗ってはいるけれど、まだ意思表示ができなかった頃だ。両親も一緒にいる。皆笑顔を浮かべてる。

――麻衣、今日は二度目の散歩です。お母さんとお父さんもいます。太陽モータースで作業着姿の尚志さん。修理する車の中から見つけたらしいサングラスをつけて格好をつけていた。

――麻衣、待ってるぜ。

そう言いながらも笑い出してサングラスをはずした。その眼差しがとっても優しい。

私がまだ眠っていた頃、仕事で小豆島に行ったらしい帰りの映像もあった。真っ暗な夜のフェリーの甲板。

――小豆島……すごく素敵な場所でした。麻衣にも見せてあげたかったなあ。いつか絶対一緒に行きましょう。

そこで船が揺れたらしく、「おぉ」と驚いている尚志さんが思わず今の自分に重なる。

夜の病室になった。私はベッドで眠っている。

――麻衣が眠って四百一日目の夜です。えー、なんと本日、麻衣の人工呼吸器がはずれました。ただいま、麻衣は、自分の力で呼吸をしています。

たくさんの言葉が携帯電話の小さな画面の中にあふれていた。そんな尚志さんの言葉に触れるうち、涙があとからあとからあふれ出し、止まらなかった。

尚志さんはこんなにも愛してくれていたんだ。

どんな姿になっても、いつ目覚めるのかもわからず眠り続けていても、元気になる保証すらなくても……そして、尚志さんの記憶をなくしてしまったときでさえも、私のことだけを考え、愛し続けてくれた。

尚志さんが今もまだ一人でいるとは限らない。あんなに優しい人だし、誰か他の女の子が彼を好きになることだってあると思う。健康で、彼との時間を一分一秒たりとも忘れずにいられるような女の子がもうそばにいるかもしれない。

私はなんてバカだったんだろう。失ってしまった記憶を取り戻すことばかり考えていた。思い出せない過去、元に戻れない自分ばかり気にして、目の前にいる尚志さんをちゃんと見ていなかった……。

でも、今ならわかる。

会いたい――。

フェリーが小豆島に着いた。港からはタクシーを使って、教えてもらった高橋自動車に向かった。

修理工場に尚志さんの姿はなく、工場主の高橋さんは不思議そうな顔で車椅子の私を見ながら、尚志さんが近くの小学校にいるだろうと教えてくれた。

小学校の校庭に下りる坂道を車椅子で滑るように進む。あたりを見渡すと、校庭の向こうには海が広がり、校庭の端、海を背にした場所にブランコがあって、子どもたちが数人集まっているのが見えた。

かがみ込んで壊れたブランコを修理する男の人の手元に見入る子どもたち。

その人は——尚志さんだった。

＊　＊　＊

俺がブランコを修理するのを最初は物珍しそうに見ていた子どもも、どうやら飽きてしまったらしい。

「おじちゃん、下で遊んでいい？」

「うん、行っといで。あんまり遠くまで行くなよ」と言うと、子どもたちはワッと駆け出していった。

――よし、これで大丈夫。

「おい、直ったぞ」

強度を確認してから、下の海岸で遊ぶ子どもたちに声をかけた。

「……壊れたら、直せばいいんだからな」

子どもたちが手を振り「ありがとう」「ありがとう、おじちゃん」と口々に言ってくれた。やっぱりまたおじちゃんかと苦笑し、帰ろうと振り返る。

麻衣……？

夢にまで見たその姿が、そこにあった。車椅子で懸命にこっちに向かってこようとしている。

また幻を見ているのだろうか。だが、何度まばたきをしても麻衣の姿は消えない。

本当に麻衣がそこにいる。思わず麻衣に駆け寄ろうとした。

「私が行く！　私が行くから！　待ってて」

その声に立ち止まったものの、心配でたまらない。ここまで一人で来たのか。誰かと一緒じゃないのか。それよりもなんで……？　何をしようとしているんだよ。

麻衣は車椅子を以前よりずっとスピーディーに操ってそばまで来た。

その目を見ると、感情があふれてしまいそうになる。

「……どうしてもお礼を言いたくて……。ずっと待っててくれた」

じっと言葉に耳を澄ます。

「……信じてくれて、そばにいてくれて」

俺は何度も首を振った。言葉が出ない。

「でも……まだ思い出せない」

「……うん」

「でも、それでもいい。だって……私、尚志さんのこと……もう一度好きになったから。もう一度って……なんかヘンな言い方だけど」

麻衣……。

それなら俺は……。


「俺はずっと好きでした」

今度は麻衣が言葉を失った。俺は彼女のぬくもりを確かめたかった。

「一緒に歩こう」

麻衣の足を持ってそっと地面に下ろす。

車椅子から麻衣を立たせ、正面から抱きしめて支える。久しぶりの麻衣の香りに涙をこらえる。いつの間にか麻衣の足腰がしっかりしていた。ここまで回復するのにどれほどリハビリをがんばったんだよ、麻衣。

「行くよ。右足、左足……」

麻衣は確かに自分の足で歩いていた。

「歩こう……一緒に。これからも、ずっと」

それは俺にとっては二度目の、そして麻衣にとっては最初のプロポーズ。麻衣は泣きながら何度もうなずいた。


——麻衣、愛してる。二度と離れない。

§

軽トラの助手席に麻衣を乗せ、小豆島を案内した。高橋自動車の社長に「僕の嫁さんになる人です」と紹介すると、目を白黒させて驚いていたのがおかしくて二人で笑い合った。

「……俺、よっぽど根暗なヤツだと思われてたんだ」

そう言うと、麻衣はまた笑った。

麻衣が助手席にいることがまだ信じられない。以前と少しも変わらない屈託のない笑顔が再び隣にあるだなんて。

農村歌舞伎が行われる離宮八幡神社、カーテンのように風に揺れるそうめん。夕日の美しい岬。島の中の俺の好きな場所を全部麻衣に見せたかった。でも、もう焦る必要はない。

「……思い出は、思い出す必要はないと思うんだ。これからまた一緒に新しくつくろう」

「……うん」


その日、最終のフェリーで麻衣を岡山の自宅まで送り届けた。二人が一緒にいるのを見て、お母さんは泣き出した。

「どうか、麻衣を頼みます」と頭を下げられ、かえって恐縮したけれど、もう離すつもりなんてない。何があっても。

まだ病院通いの続く麻衣が小豆島に移り住むのは現実的ではないため、俺が岡山に戻ってくることになった。

太陽モータースの柴田社長は、こんな日が来るんじゃないかと、俺を高橋自動車への出向扱いにしていてくれたため、今後も高橋自動車へ月に何度か出張するということで、再び元の職場に復帰することになった。

そのことで一番喜んだのは室田先輩だった。先輩とみゆきちゃんの間には、もう二人も子どもがいる。

「俺はきっとこうなるってわかってたんだよ」と、泣き上戸の室田先輩は涙でぐしゃぐしゃになって俺を抱きしめて、俺を苦笑いさせた。

新居は麻衣の実家になった。車椅子で生活できるように改造された慣れた家が麻衣にとって一番いいと俺も考えていたし、麻衣の両親と暮らすことにはなんの違和感もなかった。

結婚式場アーヴェリール迎賓館にも改めて二人で行った。島尾さんは俺たちがそろって現れたのを見た瞬間に、声を詰まらせた。

「当日は決して泣いたりいたしませんので、ご安心ください」

そして、二人を今まで支えてくれたすべての人たちに感謝の気持ちをあらわしたいという俺たちの意図を汲《く》んだ挙式と披露宴を、一緒に考えてくれた。

麻衣は結婚式の中で、来てくれた人たちを驚かせたいと考えていることがあった。

それからの日々は、慌ただしく、そして夢のように過ぎていった。

＊　＊　＊

式の前の晩、私はお父さん、お母さんと三人だけで過ごしていた。尚志は京都からやってくる両親と一緒に式場近くのホテルに泊まっている。

「お父さん、お母さん。今まで本当にお世話になりました」

深々と頭を下げた。

「私、本当に苦労ばっかりかけたよね。ごめんなさい」

お父さんは「麻衣……」と言ったきり。お母さんは「やめてよ、もう、そんなこと」と笑ってやり過ごそうとしたようだったけれど、やっぱり涙になった。

「がんばったね……。麻衣、幸せになるのよ」

「ありがとう……お母さん」

お父さんはやっと涙を拭くと、私に向き直った。

「……麻衣。おまえを失うかと思ったとき、お父さんとお母さんは、おまえを助けるためなら何を差し出してもいいと思った。でも、それは親だからこそだ。おまえが目を覚ますまで、何年だって待てる。でも、尚志君はあの頃、おまえと知り合ってまだわずかな恋人だった。なのに、彼はもういいと何回言っても聞かなかった。お父さんとお母さんはな、あえてひどいことを言ったんだ。君は家族じゃない、そうまで言ったんだ」

初めて聞く話だった。そんなことがあったなんて……。

「なのに彼はあきらめなかった。あとはおまえの知ってるとおりだよ。おまえがもう一度尚志君を選んでくれて、お父さんもお母さんも本当にうれしい……。幸せになるんだよ」

今この瞬間にも、もう尚志に会いたくてたまらないよ……。

§

二〇一五年三月十七日――。

私たちの結婚式が行われた。

祭壇の前で真っ白いタキシードに身を包んだ尚志が、ウエディング姿の私を待っている。

バージンロードの両側には、二人を見守り続けてくれたたくさんの人たちが。

司会者が晴れやかな声で結婚式の開始を宣言した。

「麻衣さん、お父様、お母様と一緒にご入場です」

扉が開き、両親とともに私は車椅子でゆっくりとバージンロードを進んでいく。

あと数歩のところまで、尚志に近づく。そして車椅子を停めると、ゆっくりと立ち上がった。自分の足で支えもなく。

参列者が皆驚いた顔で見ている。この日のためにさらにリハビリをがんばったんだから。元気になった姿を感謝の気持ちをこめて皆に見てほしかった。


目の前で尚志が優しい笑顔で笑って、私を待っている。

ゆっくり、ゆっくり、歩き出す。

焦らなくていい。

彼はいつでも待っていてくれるから。

よろけそうになる私の手を尚志が強く支えてくれる。
ようやく、私、あなたのもとにたどり着いたよ。
八年越しの花嫁となって――。

「俺はずっと好きでした」

History

2005年 4月 尚志と麻衣が出会う
7月 交際をスタート
2006年 7月 交際1周年の記念日に、尚志からプロポーズ
12月 結婚式場を予約
麻衣に異変が起き始める
2007年 1月 精神科へ入院
3日後、心肺停止を起こし大学病院へ緊急搬送。
以降、昏睡状態に
3月 挙式予定だった（3月11日）
4月 「抗NMDA受容体脳炎」と診断される
5月 腫瘍摘出手術を行う
2008年 2月 人工呼吸器をはずす

	6月	麻衣が目を開ける
	8月	リハビリのために転院（1回目）
2009年	1月	リハビリのために転院（2回目）
2010年		自己主張や喜怒哀楽の表現をするようになる
2011年		リハビリを本格化
	4月	退院
		通常の会話ができるまでに回復
2012年	4月	硬直していた両足の手術を行う
2014年	6月	挙式予定だった結婚式場を再訪、式を挙げることを決める
	12月	結婚式を挙げる
2015年	2月	結婚式の様子を撮影した式場による動画がYouTubeで紹介される
	6月	二人に第一子が誕生

原作者 *Profile*

中原尚志・麻衣　Hisashi ／ Mai Nakahara

岡山在住の30代夫婦。出会った翌年の2006年末、2007年3月の結婚式を控える二人を襲ったのは、麻衣の抗NMDA受容体脳炎という急性型脳炎。長きにわたる昏睡状態を経て徐々に意識を取り戻し、意識回復後の長いリハビリを経た2014年に改めて入籍・挙式。その様子を撮影した式場による動画がYouTube再生回数60万回超、麻衣を支え続けた尚志含む家族の感動物語は感涙の渦を生み、テレビや新聞などメディアに次々と紹介されている。

あとがき

映画『8年越しの花嫁』は、中原麻衣さんと尚志さんという若い二人の実話をもとに映画化されました。

そしてこの本は、映画シナリオとでき上がった映像をもとに、信頼する作家仲間である国井桂さんが小説として形にしてくれ、繊細に紡いでいただきました。脚本を書いたはずの私も、読んでいて、麻衣さんと尚志さんの心情に胸が熱くなりました。

映像とはまた違う、感動の味わいにあふれていて、映画とともに楽しんでいただけたのではないかと思っています。

この本を先に読まれた方には、ぜひ映画を。佐藤健さんと土屋太鳳さんの尚志と麻衣を観てもらいたい。

映画を観て、この本を手にとっていただいた方には、もう一度、尚志さんと麻衣さんに想いを馳せていただけたら。

そんな風に思います。


実在する若い二人の、本当に起きた物語を映画にする。

これは、私にとって、難しい試みでした。


『8年越しの花嫁』映画化のきっかけは麻衣さんと尚志さんの結婚式の動画だったと聞いています。

その動画を多くの人が観ることになり、話題となり。やがては映画化されるまでになりました。

何がそんなに、その動画が人を動かしたのでしょうか。

それは「運命を自分たちの力で乗り越えたからこその幸せ」だったのではないかと私は思いました。

悲しい涙ではなく、幸せで涙があふれる物語になるなと、脚本家として呼ばれたときに直感しました。

そしてその直感は正しかったと今、思っています。

実際の尚志さんと麻衣さんのように、まっすぐで誠実な映画になりました。

とはいえ、映画づくりは簡単ではありませんでした。

映画に限らず物語の魅力の一つとして、物語がどうなるかわからないからこそ感動するということがあると思います。

でもこのお話は違う。最後にどうなるか。つまり二人が結婚する。麻衣が花嫁になることがわかっている。

幸せになることがわかった上での物語であるということです。

最後が幸せであることがわかっているからこその安心感がある、という考え方もありながら、映画をつくる上ではやはりハラハラドキドキしていただきたいという気持ちもどうしても芽生えます。

ですから、脚本家の性質としてもう少し結末がわからないような、教えないような作戦も考えました。

でも、止めました。

必要ないなと思ったから。

そんな小細工をしなくても、尚志さんと麻衣さんの物語には力がある。幸せが約束されている物語こそ、必要なのではないかと考えました。なので、映画としてはわりと、身も蓋もない、結末を先に言ってしまうような『8年越しの花嫁』という真っ向勝負なタイトルになりました。

いかにも映画的な虚飾は止めようと思ったのです。これは製作陣も同じ考えでした。

必要以上にドラマチックに展開させたり（すれ違ったり、なかなか会えなかったり）、画面を素敵にするために、たとえばデートする場所をファンタジックな場所にしたり。つまり、そういうことを止めたのです。

結果、岡山に暮らす、ごく普通に生きてごく普通の幸せを求めるお二人の物語が丁寧に映し出されていると思います。

暮らしている街。二人の出会い方。デート。クリスマスの二人。プロポーズ。いつも前を通っていた結婚式場（地元の若者はほとんど、そこで式を行うような）の予約。

「病」という厳しい運命が襲ってこなかったら、きっと数カ月後には家族や仲間に祝福されて結婚して、お二人が幸せに過ごしていたであろう場所。

映画はそれらの物語から大きく離れませんでした。
だからこそ、実際の麻衣さんと尚志さんの息づかいが感じられる作品になっているのではないかと思います。

病であれ、なんであれ。
過酷な出来事は人に突然襲いかかります。
人はその出来事と、向き合うしかない。受け入れることしかできない。
でも、その出来事を幸せに転換させる力を人は持っていると信じたい。
そう思います。

人の心の力。
それだけが悲しい出来事に勝つ唯一の武器なのではないか。
だとしたら、私たちの誰もが、前を向くことができる。
尚志さんと麻衣さんの物語は、そんな勇気を、今を生きる私たちに与えてくれます。

映画が、そしてこの本が、お二人の物語を多くの人に伝える手がかりになれたら。
そう願っています。

脚本家　岡田惠和

日本中が涙した奇跡の実話
意識の戻らない恋人を、
あなたは何年待てますか
8年越しの花嫁
奇跡の実話
12.16（土）全国ロードショー
監督：瀬々敬久　脚本：岡田惠和
主演：佐藤健、土屋太鳳

STAFF
装丁／AFTERGLOW INC.
編集／吉満明子（センジュ出版）
校正／小島尚子
DTP／松田修尚（主婦の友社）
編集担当／前田起也、佐藤友理（主婦の友社）
販売MD／櫛山珠里（主婦の友社）
販売・宣伝／五月女豊、浅沼秀、長友薫、秦紀子、上田奈美（主婦の友社）

ノベライズ版《ばん》
8年《ねん》越《ご》しの花嫁《はなよめ》　奇跡《きせき》の実話《じつわ》

平成29年12月31日 第1刷発行
平成30年 2月28日 第4刷発行

著　者　岡田惠和《おかだよしかず》、国井桂《くにいけい》
発行者　矢﨑謙三
発行所　株式会社主婦の友社
〒101-8911 東京都千代田区神田駿河台2-9
電話　03-5280-7537（編集）　03-5280-7551（販売）
印刷所　大日本印刷株式会社

ISBN978-4-07-427454-3

■本書の内容に関するお問い合わせ、また、印刷・製本など製造上の不良がございましたら、主婦の友社（電話 03-5280-7537）にご連絡ください。
■主婦の友社が発行する書籍・ムックのご注文は、お近くの書店か　主婦の友社コールセンター（電話 0120-916-892）まで。
＊お問い合わせ受付時間　月～金（祝日を除く）9:30～17:30
主婦の友社ホームページ　http://www.shufunotomo.co.jp/

※本書は映画『8年越しの花嫁　奇跡の実話』の脚本をもとに小説化したものです。
映画と内容が異なることがあります。ご了承ください。